献给罗伦,她是我们家年龄最小,

却最认真的小天使。

[美] 布兰登·桑德森（Brandon Sanderson）著
刘红 邹蜜 等译

重庆出版集团 重庆出版社

版贸核渝字(2013)第252号

图书在版编目(CIP)数据

阿尔卡特拉兹与书籍骨头 / (美) 桑德森著;刘红等译.
—重庆:重庆出版社, 2014.7
书名原文: Alcatraz versus the scrivener's bones
ISBN 978-7-229-08344-1

Ⅰ.①阿… Ⅱ.①山… ②刘… Ⅲ.①长篇小说—美国—现代 Ⅳ.①I712.45

中国版本图书馆CIP数据核字(2014)第149472号

阿尔卡特拉兹与书籍骨头
AERKATELAZI YU SHUJI GUTOU
[美]布兰登·桑德森 著 刘红 邹蜜 程栎 译

出 版 人:罗小卫
责任编辑:张立武
封面绘图:披 头
责任校对:李小君
装帧设计:重庆出版集团艺术设计公司 · 黄杨

重庆出版集团
重庆出版社 出版
重庆长江二路205号 邮政编码:400016 http://www.cqph.com
重庆出版集团艺术设计有限公司制版
重庆瑞琪印务有限公司印刷
重庆出版集团图书发行有限公司发行
E-MAIL:fxchu@cqph.com 邮购电话:023-68809452
重庆出版社天猫旗舰店
cqcbs.tmall.com
全国新华书店经销

开本:889mm×1194mm 1/32 印张:8 字数:160千
2014年9月第1版 2014年9月第1次印刷
ISBN 978-7-229-08344-1
定价:25.00元

如有印装质量问题,请向本集团图书发行有限公司调换:023-68706683

作者序

Author's Foreword

哈哈，我是一个骗子。

我猜你们不会相信吧？其实，我真希望你们不要相信！那不但会让我说的这句话变得格外讽刺，同时也意味着你们会被骗得很惨。

我知道你们都听惯了关于我的传说，说不定还在沙里麦荧幕上看过一两部关于我的纪录片。我能理解你们为什么不相信我是个骗子，你们大概只是觉得我逗你们玩儿吧。

你们自以为了解我这个人，因为你们听过或者看过关于我的故事，跟朋友讨论过我所获得的荣誉，从历史书上和叫卖小贩那里看到或听说了我的英雄事迹。然而，那些喜欢谈论我的人，其实才是这世界上唯一比我还会传播谣言的大骗子。

你们根本不认识我，也不了解我，千万别相信任何关于我的传言。当然，这本书除外，因为我在里面写的都是我的亲身经历。

现在，让我跟图书馆界的哈嘘人说点话吧：所谓的哈嘘人，也就是你们这些加拿大、欧洲诸国或者美洲其他国家的人。别因为这本书看起来像是奇幻小说就被骗了；为了避开图书馆员的耳目，所以我们采取跟上一本一样的伪装策略，让这本以小说形式在哈嘘国得以正式出版。

这才是小说，在自由国度（例如莫吉亚跟纳哈拉这些地方）。本书可是名正言顺地以自传形式来出版发行的，因为这本书就是自传，这里我第一次说出自己的成长经历。

这次，我打算打破那些谎言，将真相公诸于众——我的名字是阿尔卡特拉兹·史麦卓，小名史亚克，欢迎你们阅读我的第二本传记，希望你们从中收获快乐。

ESanderson

第 1 章
Chapter One

故事开始了——在某个单调无聊的机场里，我垂头丧气地坐在椅子上等待，心不在焉地拿着一包炸土豆片嘎嘣嘎嘣地嚼着。

你们肯定没料到故事开头就是这个样子吧，对不对？或许你们以为我会像第一部那样先讲点刺激的故事，比如，描述一些有邪恶图书馆员的场景，或者祭坛、活化物之类的，或者至少也该提到机关枪之类的小朋友们都喜欢的玩具吧。

很抱歉让你们失望了，这种状况以后或许还会发生。其实，我这么做可是为你们好，我决定改过自新。我的上一本书写得跟小学生涂鸦似的，很糟糕：开篇就叙述一个紧张而刺激的动作场景，紧接着虚晃一枪，就马上绕到别的事情上去，害得读者悬着一颗心，不断惦记着，然后迟迟没见结尾，失望透顶。

我保证以后不会再写出那种云山雾绕的骗人鬼话了，我不会再故弄玄虚或利用一些小把戏让你们不停地白等下去。我会保持平静，尽量客观地平铺直叙。

哎呀！顺便提一下，我刚才漏了一个精彩的故事，就是我在机场遇上了我这辈子最最危险的情况!

我抓紧时间，又吃了一口炸土豆片。

如果你们经过我身边，一定会觉得我看起来就像个普通的美国小屁孩。我十三岁，深褐色的头发，穿着宽松的牛仔裤，一件绿夹克，还有双白色的耐克运动鞋。在过去的几个月里，我虽然长高了一些，但还是跟同年龄人差不多。

其实，我身上唯一不寻常之处，是我戴的那副神奇的蓝色眼镜。这不是太阳眼镜，只不过镜片是淡蓝色的，其实看起来反而更像老花镜。(嘻嘻……我到现在都还觉得实在太不公平了。也不知道为什么，威力越强大的眼镜侠镜片，外观就会越不起眼。我正在琢磨相关理论，也就是“不均衡”法则。)

我又嘎嘣嘎嘣地吃起土豆片来。快点啊……我心想：你在哪里?

看来爷爷又迟到了，所以迟迟没见现身，不过也不能怪他，他毕竟是史麦卓家的大咖（看姓氏就知道这代表什么了)。史家的每个人都拥有不同的天赋，而爷爷总是在跟人约会时迟到。

虽然大部分的人认为这种天赋很不礼貌，但我们史麦卓家的成员都能将天赋转化成自己的长处。比如我爷爷，他可以让自己躲过无数次中枪或其他灾难——这项天赋让他捡回了很多条命。

可惜的是，他总是迟到，我怀疑他甚至将这当成了每次迟到的借口，我有好几次想当面提出质疑，但没有一次成功过。他总会岔开话题，让我的质疑总在他离开后才想起，而他却早就逃走了。（而且，对他来说，责备也算一种灾难。）

我将身体再往前挪了挪，试着让大家看得清楚些，但也不能太显眼。问题是，那些知情的人，一看就知道我戴的是眼镜侠镜片。我现在戴着的淡蓝色眼镜叫做通话镜片，算是很普通的镜片，能够与多位眼镜侠在短距离内通话。过去几个月来，爷爷跟我躲避图书馆员特务时，就常利用这种眼镜。

在哈嘘国里，只有少数人记得眼镜侠镜片的威力。现在在机场里的人，大多数根本没听过眼镜侠、宫崎骏笔下的沙里表科技之类的故事，也不知道这个世界其实是邪恶图书馆员的势力范围。

对，你们没看错，邪恶图书馆员控制着这个世界。他们蒙蔽了所有人，给大家灌输错误的历史、地理以及信仰观念，这对他们而言算是种笑话，不然你们以为他们为什么要叫自己图书馆员？

图书馆员，其实就是“涂书”馆员——将事实涂改成谎言的人。

这样就很清楚了吧？如果你们现在才恍然大悟、懊悔不已，想边捶自己额头边咒骂几声，就尽管去做吧！我可以等你们。

我又吃了一口炸土豆片。爷爷应该在两个多小时以前就用通话镜片跟我联络的，就算他的天赋发挥了作用，这次也未免太晚了。我环顾四周，检查机场人潮里是否有任何图书馆员特务。

我没看见任何特务，但这并不代表附近没有，我很清楚图书馆员不是一眼就能轻易辨认出来的。虽然某些图书馆员会有固定的穿着（女人戴玳瑁粗框眼镜，男人则是蝴蝶领结搭上背心），不过其他的看起来都非常普通，跟一般的哈嘘人没两样。这种人很危险，可是很难察觉他们的存在（有点像挑剔的奇幻小说读者）。

我得做出一个艰难的决定——如果我继续戴着通话镜片，图书馆特务会发现我的眼镜侠身份；但如果我摘下眼镜，哪怕爷爷靠得够近，我也没法接收他的讯息了——前提是他要能接近我并跟我联络。

一群人向我坐的地方靠拢过来，将行李放在椅子前，占据了好几排座位，然后开始抱怨班机因为大雾而晚点。我不自觉地紧张起来，他们会不会是图书馆员派来的特务——这三个月的逃亡，已经让我变得精疲力竭，还有些草木皆兵似的敏感了。

不过，这一切都结束了。我将尽快离开哈嘘国度，回到我的理想中的家乡——自由国度纳哈拉。虽然那是太平洋上的一个孤岛，位于北美洲与亚洲之间，至少哈嘘人绝对不会知道它的存在。

我以前从没到过那个神秘的地方，但是我听过一些关于它的故事，见识过一些自由国度的科技。比如，能自己开动的车子，或者不管怎么翻来倒去都能准确计时的沙漏。我很想去那儿，更想尽快离开图书馆员控制的领域。

爷爷只是定在机场见面，但是没解释为什么，更没有说明他打算如何把我弄出去。这里或许没有直接飞往自由国度的班机——不过，无论爷爷想用什么办法，我知道我们一定会逃离这里，只是过程会不那么顺利。

幸好我还是有几项隐性的天赋：第一，我是个眼镜侠，身上带着一些威力非常强大的镜片；第二，我爷爷是位躲避图书馆员特务的高手；第三，我知道图书馆长很低调，尽管他们暗中掌控了大半个世界。我应该不必担心警察或机场安保的问题，他们的层级太低，而图书馆员不会冒着泄露阴谋的风险叫这些人来抓我。

我还有一项天赋，不过……呃，我不太确定这到底算不算优势，它——

有个男子站在我隔壁登机门的等待区里，他穿着西装，戴了一副太阳眼镜，他正盯着我看。我愣了一下。他也知道我在察觉他了，就马上转头，表现出一副若无其事的样子。

那副墨镜有可能是战士镜片，是眼镜侠之外的人唯一能使用的一种镜片。我全身渐渐变得僵硬——那个男子似乎在自言自语，也有可能是戴着耳麦正在秘密地布置什么。

*碎玻璃啊！*我心想，然后立刻跳起身，拎上背包甩在背上，穿过人潮，装作若无其事地离开登机门，一边假意举手摘下眼前的通话镜片。

*可是……万一爷爷联络我呢？*他绝对没办法在挤得水泄不通的机场里认出我，因此，我不得不继续戴着眼镜才行。

我觉得有必要先打断一下，插一句话——我常常绕开正题提一些另外的事。这就跟我喜欢两只脚穿不同袜子一样，算是我的坏习惯，而我这么做是想让别人恶心我。但老实说，这并不是我的错，我认为这是社会观念的错。(比如，袜子，至于打断动作场景呢，这完全是我自己的选择啦!)

我加快脚步，戴着镜片，把头压得低低的。没走几步，我就发现前方不远处有一群穿黑西装打粉红色领结的人，他们站在机场里的移动走道上，旁边还有几位身穿制服的警卫。

我愣住了。刚刚才说不必担心警察……我试着保持镇定，偷偷摸摸地转过身，尽快往另一个方向走。

我直觉会发生些什么事情。图书馆员花了三个月的时间追逐我们爷孙俩，他们或许不愿意把事情搞大，让当地的执法单位卷进来，但更不愿意让我们逃脱。

第二群图书馆员特务正从另一个方向走过来，这十几个人全都是戴着镜片的战士，似乎还带着玻璃刀剑跟其他某种先进的武器。我现在只有一条退路了——先躲进厕所——里面很多人，大家都在忙着解决自己的事儿。我冲向后墙，将背包丢在地上，然后伸出双手放在墙面瓷砖上。

厕所里有几个人冲我投来异样的眼光。不过，我早就习惯了。通常别人也是以异样眼光看我的。不然，每当你们看到一个老是搞破坏的坏孩子，都有什么反应了?(在我七岁那年，有一次我一时冲动决定要破坏我脚下的东西，结果我在铺着方块混凝砖的人行道上踏出一串深深的脚印来，就像是变形金刚或钢铁侠的杰作一样。)

我闭上眼睛，集中精神。以前，我的生活完全让冲动支配着。我不懂得控制它，甚至不敢相信真的有种力量能做到。直到三个月前，爷爷的出现改变了这一切。他带我离开原来的家，拖着我潜进一间图书馆以夺回拉希德沙子；同时也让我认识了自己，让我知道自己能够利用天赋，而不是被天赋利用。

我一旦集中精力，就会有两股力量像静电脉冲般从我的胸口传来，流过手臂爆发出来。我面前的瓷砖随即剥落，就像冬天里栏杆上的冰柱，一掉到地上便摔得粉碎。我继续集中精力。后方传来好几个人的惊叫声。图书馆长随时都会冲进来抓我。

整面墙向外倒塌了，一根断裂的水管将水喷洒到半空中……我无暇顾及身后那些叫喊的人，立刻伸手去抓我的背包——背带断了。我暗自咒骂一声，抓起另一条背带，结果也断了。

天赋——这是恩赐，也是个魔咒。虽然我不再受它支配，但也无法完全支配它。天赋和我就像两位共同监护人，我只有每隔两个周末和在一些假日时，才能完全掌控自己的生活。

我抛下背包。反正我身上真正有价值的东西就是那些镜片，它们全都在我夹克的内口袋里。我跳过墙上的大洞，仓促地爬出瓦砾堆，一头钻进岔道多得就像人体内脏般的机场内部。（嗯哼，从厕所出来，再进入

“肠子”……跟一般人上厕所为的是把内脏里的东西拉出来正好相反。)

我可能误撞进了员工通道，这里灯光暗淡，环境也脏得要命。我不顾一切地往前冲，跑了好几分钟。我想我现在一定已经离开了候机厅，从通道进入了另一栋建筑。

通道的尽头有一小段阶梯，通向一扇很大的门。我听到后面有喊叫声，于是冒险往后望了一眼。一大群人正从通道里匆匆追赶过来。

我扭过头继续跑向大门，用力拉门把。虽然门锁着，不过我开门的运气很好——门把掉了，我顺手往后一扔，然后踹开门冲进去，进了一个宽广的停机棚。

这里停了许多架巨型飞机，挡风玻璃全都黑黑的。我迟疑了一下，抬头看着这些庞然大物，相比之下，自己简直就像个小人国的侏儒。

我摇摇头，让自己从恍惚中清醒过来。那些图书馆员特务还在追我呢。幸运的是，停机棚里没有人。我迅速关上门，将手放在锁上，使出天赋的力量破坏门栓让它卡死。紧接着，我跳过栏杆，跑下通往停机棚地面的阶梯。

到达楼梯脚下时，我发现自己在满布灰尘的地面上留下了一串长长的脚印。要是从这里跑到外面的跑道上，我可能很快就会被当做危害机场安全的恐怖分子逮捕起来。然而，躲在这里也不是长久之计，太冒险了。

实际上，有一个恰当的比喻形容我现在的状况——**才出狼窝，又入虎穴**——不管我怎么做，似乎都会让自己陷入比先前更危急的处境。这是哈嘘国的说法，也就是弄巧成拙、祸不单行的意思吧。（我不得不特别说明一下，其实，哈嘘人在使用成语这方面真的真的缺乏想象力。要是我的话就会说：“逃出狼窝——掉进了挥舞着电锯，身上还粘着杀人小猫的致命鲨鱼坑里。”不过，一般人都没法理解我的说法。）

这时，有人在用拳头使劲砸门。我看了一眼，立即决定，得找个地方躲起来。

我朝停机棚地面上的一处小通道冲去。通道里有明亮的银色光线，我猜这里可以通向外面的飞机跑道。我才踏出凌乱的足迹后，立刻跳到附近的箱子上，在上面跑动，接着又跳回地面。

那扇门在重击之下不停地震动，看来撑不了多久。我滑行到一架747客机的轮子边，取下通话镜片，然后把手伸进夹克里。我在夹克的内衬上缝了几个口袋，每个口袋里都缝上一块自由国度常用的特殊材质作衬垫，用来保护镜片。

我取出一副绿色的眼镜戴上。

这时，门被撞开了。

我没去管他们，只是专心看着停机棚的地面。我启动镜片，一阵急速强风立即从我脸上吹出——暴风镜片，我们第一次潜入图书馆行动完成之后那是周爷爷送我的礼物。

等图书馆员边咒骂边嘀咕冲进来时，他们只看到我故意留下的足迹了。我听见一群士兵跟警察争先恐后地跑下阶梯，立即缩起身子躲在轮胎边，屏住呼吸，尽力让怦怦跳动的心脏缓和下来。

这时，我想起了我的又一件宝贝——火焰使者镜片。

我抬头从747的轮胎上方偷看了一眼。那些图书馆特务中了我的计，正朝通往跑道的那扇门口追去。和我预料的不同是，他们并不是所有人都急匆匆赶过去，还有几个人边走边怀疑地向四周张望。

我赶紧低下头。我的手指碰到了宝贝（我只剩下一片火焰使者镜片了），犹豫了一下才掏出来，这块镜片十分清澈透明，正中央有一颗小红点。

只要启动，它就会射出一道像X射线的超高热能量。我可以拿它来对付这些图书馆特务，毕竟他们曾在好几个场合中试图用枪除掉我。即使我使用这块镜片，也是他们活该。

我在地上坐了一会儿，最后还是小心翼翼地将它放回口袋，换上通话镜片。如果读过这本自传的前一集，你们就知道我对英雄主义有自己的理解——真正的英雄，才不会从背后对一群士兵发出高能量激光束，何况人群中还有几个无辜的机场保安。

后来，这份仁慈害我陷入一大堆麻烦。你们应该还记得我在第一集里最后的遭遇吧——被绑在一座用旧百科全书垒成的祭坛上，旁边还有一帮来自图书馆长破碎镜片团的狂热分子，准备放我这位眼镜侠的鲜血来一个邪恶的祭奠仪式。

也就是这参杂太多仁慈的英雄主义，害得我最后差点惨遭不测。不过讽刺的是，也正是因为这种英雄主义，使我那天在停机棚捡回了一命。要是我没戴上通话镜片，就会错过接下来发生的事了。

“史亚克？”一个声音突然传入我的耳中。

我差点忘了周围的特务，大叫出来。

“呃，史亚克？喂？有人听到吗？”

这个声音很模糊，难以辨认，不过，声音确实是从通话镜片传来的。只是还没出现喊话的人，应该不是爷爷。

“啊，哎呀！”对方说。“嗯，我一直都不太会用这通话镜片。”

声音忽隐忽现，就像是有人对着信号不好的喊话机喊话。虽然讲话的人不是爷爷，但在这种时刻，不管对方是谁，我都不愿错过机会。

“我在这儿了！”我启动镜片，然后压低声音回道。

一张模糊的脸出现在眼前镜片上，像个立体的全息图像盘旋在半空中。对方是个年轻女孩，皮肤晒成棕褐色，留着一头黑发。

“喂？”她问。“有人在吗？你能不能大声一点？”

“没办法。”我用腹语回道，然后再探头看图书馆员。大部分的人都从门口出去了，不过还有几个特务显然是受命留下来搜索停机棚。留下来的几乎都是机场保安。

“嗯……好吧，”对方说。“呃，你是谁？”

“你以为还会是谁？”我不耐烦地问。“我是史亚克。你是谁？”

“噢，我——”影像跟声音突然又模糊了一会儿，“派来接你的。抱歉！呃，你在哪里？”

“一个停机棚里。”我说。一位保安竖起耳朵，立即拔出手枪，瞄准我所在的方向。他听到我的声音了。

“碎玻璃啊！”我压低声音，缩起身子。

“你真不应该骂这种脏话的哦……”那个女孩回道。

“还真谢谢你啊！”我尽量轻声说，“你到底是谁，还有你要怎么把我救出去?”

对方停了一会儿，可能是在考虑我提出的问题。这段沉默的等待真是让人窒息，心烦、讨厌、沮丧、无聊、折磨，而且像黑夜一样恐怖。

“我……我还没想到耶，”她说。“我——等一下。芭斯蒂说你应该跑到空旷的地方，然后给我们发信号。下方机场这块儿的雾太浓了，我们根本辨不清方向。”

下方？我心想。算了，看来芭斯蒂跟这女孩在一起，应该算是好兆头吧。虽然芭斯蒂大概会骂我又让他陷入这么大的麻烦，不过她办起事来还是非常有效率的。

希望她也能很有效率地把我救出去。

“嘿！”有个人喊。我转过身，看见一位保安。“我找到一个可疑人物了！”

必须制造一些混乱才能脱身了，我心想，然后深深吸了口气，对飞机的轮子送出一股破坏力。那位保安举着枪，还没来得及扣下扳机。连接起落架跟轮胎那些螺丝上的螺帽突然弹开，我也同时转身拔腿就跑。

“朝他开枪！”一个穿黑西装的人叫道。这个图书馆员正站在停机棚另一边指挥下属。

“我不会对一个小孩开枪。”保安说，“你说的那些恐怖分子到底在哪里?”

真是位好心人啊，我一边想着，一边冲向停机棚前侧。这时，飞机的轮胎完全脱落了，机身的前端也随即撞到地面上。好几个人吓得尖叫出来，一些保安纷纷扑向旁边可以提供掩护的柱子。

穿黑西装的图书馆员趁乱从一位保安手里抢过枪，举起来瞄准我。我笑了笑，当然，在他一扣下扳机那一刻，整把枪突然变成了一把沙子从指间滑落。我的天赋会随时保护我，而且一项武器的构造愈复杂，就愈容易被破坏。我的肩膀撞上停机棚巨大的铁门，同时又爆发出一股更大的破坏力——螺丝、螺帽、螺栓像炸弹的碎片一般飞落在我身边的地面上。几位保安人员从消火栓箱子后方探头侦查。停机棚的大门一面整块儿轰然一声向外倒在地上。尽管我要的就是这种效果，但还是不免愣了一会儿。被倒塌的大门震起一阵漩涡状的尘土和着雾气缓慢飘进停机棚，将我整个人笼罩起来。

我的天赋似乎又增强了几成功力了。以前我只能破坏门把手、水杯、纸笔或锅碗瓢盆、燃气灶之类的小东西，在极少数情况下才能弄坏比较大的东西，在我七岁时，开始破坏混凝土地面。而我刚刚的杰作已是突飞猛进了——我让飞机的轮子弹飞出去，飞机砸坏在大厅里，就连停机棚大门一侧的整面墙都被撞得倒塌下来。我已经不是第一次有这种念头了——我很好奇自己究竟能造成多大规模的破坏？在不考虑后果的情况下……

还有，如果天赋能自由发挥的话，到底能做到怎样的极限程度?

没时间考虑这些了，最初追出停机棚的那些图书馆员已经注意到了这边的骚动。他们站在原地盯着我，在中午的大雾中看起来像是一个个黑色幽灵。他们大部分的人都撤到了两边，因此我只能勇往直前。

我冲出停机棚，用尽全力在潮湿的柏油碎石跑道上奔跑。图书馆员在身后大喊，有一些还不停朝我开枪，结果当然是浪费弹药了。他们早就该料到的。这世上没有几个人对付过像我这样魔法强大的史麦卓家族的成员，就连图书馆员也不例外。如果他们对付的是其他人，或许还能在事情不对劲之前省几发子弹。枪支在自由国度并非完全没有用，只是威力小得可怜而已。

由于他们停下脚步对我开枪，因此我多了几秒钟的逃跑时间。可惜的是，有两个图书馆员站在前面挡住了我的路。

“准备!”我对我的通话镜片喊，然后立即换上暴风镜片。我集中精神，让眼前爆发出一阵强风。两个图书馆员都被掀翻在地。我迅速从他们身上跨了过去。

后面其他图书馆员还一边大喊一边拼命追上来。此时，我已冲到一条飞机跑道上了。我喘着气，从口袋拿出火焰使者镜片，然后转身启动镜片的力量。

镜片开始发光，那群图书馆员也惊奇地停了下来。他们很清楚我手上拿的是杀器。我举起镜片，望向天空，它往上射出一道火红的光线，穿透了浓浓雾气。

希望这个信号足够清楚，我心想。图书馆员围了上

来，显然想要一哄而上，不管我手中的镜片是什么神秘杀器。这时，我另一只手准备好的暴风镜片，希望能将他们通通掀个四脚朝天，争取足够的时间让芭斯蒂着陆，救走我。

然而，那群图书馆员没有进一步的动作。我焦急地站在原地，继续高举火焰使者镜片，好让光线射向更高的天空。*他们在等什么？*

这时，他们向两旁分开，闷热潮湿的浓雾之中出现了一个黑色人影。虽然我看不清楚，但我知道这个人影很危险。他比其他人高了一个头，一只手臂比另外一只长了好几英尺。他的头是畸形的，应该不属于人类，应该也有高深的魔法。

想到这，我禁不住颤抖起来，不自觉地后退了一步。黑色影子举起骨瘦如柴的手臂，像是拿了一把长长的手枪瞄准我。

我会没事的，我告诉自己，*枪对我没有用*。

我听见一阵碎裂声——手中的火焰使者镜片当场爆炸了，看来那家伙的子弹打中了镜片。我尖叫一声，缩回手臂。

对准我的镜片射击，而不是朝我开火，这个人比其他人的聪明多了。

黑色的影子朝我冲来。我一方面想在原地等，看看这家伙的头和手为什么显得如此畸形，但另一方面又害怕得要命。影子开始奔跑，而这就够让我立刻做出决定了。我做了一个很明智的举动，这是我很拿手的——一个劲地往另一个方向跑。

可是，我突然觉得整个人似乎被什么东西往后拉去。风在我耳边发出奇怪的呼啸声，我的每一步也迈得愈来愈吃力。我开始流汗，没过多久，竟然连走路都变得很困难了。

似乎有什么非常、非常不对劲——尽管那股奇怪的力量一直将我向后拖，我还是一步步前脚挨后脚地前进。这时，我有种奇怪的念头，好像感觉得到那个黑影就在我背后。我察觉得到它扭曲、邪恶的能量，而且愈靠愈近。

我快动弹不了了——脚，步，愈，来，愈，重……

这时，一条绳梯从天而降，掉在我前方不远的地上。我大叫一声扑了上去，紧紧抓牢这根救命绳。上方那些人一定感受到了我的重量，因为绳梯子在我抓住那一刻猛然往上收去，将我扯出了那股吸住我的神秘魔力。我顿时感到身后的吸力减弱了，总算松了一口气，接着低头往下看。

那个黑影仍然站在地上，笼罩在雾气里，跟我刚刚在的位置只差几英尺而已。他仰头盯着我，而我继续安全地往上升，直到地面跟那家伙都消失在雾中。

我叹了口气，紧张的心情总算缓和下来，然后靠在梯子上休息。片刻之后，梯子将我拉出大雾，飞上湛蓝的天空。

我抬起头，看到了或许是我这辈子所见过最令人敬畏的景象——那蓝得如此纯净的天空……

第 2 章

Chapter Two

这是本套丛书的第二册。那些看过第一册的人可以跳过这段简介，继续往下看。至于其他的人，你们就停在这里吧。

我想恭喜你们找到了一本十分有趣的书，我很高兴地告诉你们，这是一本关于现实世界的严肃作品，而不是什么愚蠢的垃圾书，比如以拿破仑为主角的奇幻小说。（事实上，你们在历史课本上或在电视里所看到的拿破仑，全部是虚构的。他们两个人唯一的区别，就是奇幻书中说拿破仑被炸弹炸飞了。）

不过，我不得不说句难听的话——有些喜欢从第二集开始看的小读者，让我觉得很头痛，因为这是很不好的习惯，甚至比穿错袜子还让人难以理解。老实说，这种坏习惯的糟糕程度，就像张着嘴嚼东西时“吧吧”直响，或者你们的朋友看书时故意边看边念叨一样。（找个时间试试边看边念这招吧，很有趣哦。）

就是因为有这种读者的存在，我们这些写书的便不得不在第二集里塞进一大堆解释。也就是说，我们得不厌其烦地解释已经写过的东西，也相当于重写一次了。

你们应该知道我是谁，也应该认识眼镜侠镜片跟史家的天赋。如果知道这些，你们就能轻易懂得这些事件怎么会导致我最后被挂在一道绳梯上，我还抬头看着那幅我到现在都还没法用言语描述的景象。

为什么我不干脆现在描述呢？唔，会问这个问题的人，就表示你们没看过第一集。让我举个简單的例子吧。

你们还记得本书的第一章吗？（我希望你们记得，因为那只不过是几页之前的故事而已。）我答应过你们什么？我说我不会再故意制造悬念或玩弄其他讲故事的卖关子技巧。结果我在同一章的最后做了什么？没错，我为你们留下了一个悬念。

这是为了告诉你们一个事实——我是个值得完全信任的人，绝对不会对你们撒谎。呃，至少每一章里绝对不超过六次，我保证。

当时，我挂在绳梯上，强风吹得我身上的夹克哗哗直响，我的心一阵扑通扑通狂跳，在我的上方，有一只会飞的巨大水晶龙。

也许你们在画册或奇幻电影里见过龙，我当然也见过。可是，在看见上方那个东西之后，我发现影片里的画面跟现实还是有一点差距。那些电影通常都有会将龙设计成圆圆的样子，肚子很大，还有看起来很笨拙的翅膀，就算可怕的龙也总是会被恶搞成这副模样。

然而，我头上那只爬虫完全不一样。它看起来极为圆，外观像是蛇，但比蛇威猛。它的全身上下共有三对翅膀，全都和谐地拍动着。我看见了六只脚，全部收缩在修长的身体下方，另外，它还有一条长长的水晶尾巴，就在后方空中挥动着。

它那颗三角形的头转过来（透着炫目的水晶光泽），然后盯着我看。头上长着三个尖尖的角，轮廓线条非常明显，看起来就像一个个箭头。眼珠直盯盯地看着我。

这根本不是活化物嘛，紧抓着绳梯的我现在才看清楚。**完全是水晶制造的！**

“史亚克！”这时，从上方传来一声叫唤，声音几乎被强风吹散了。

我往上看去：梯子连接到水晶龙肚子的一个开口处，一张熟悉的面孔从里面探出来，向下看着我，那是跟我年纪差不多的芭斯蒂，她银色短发在风中剧烈飞舞着。我上次见到她时，她正准备跟我两个堂哥一起逃走，躲避图书馆员。因为爷爷担心我们全部聚在一起容易暴露目标。

她说了一些话，但风声太大了，实在听不清楚。

“你说什么？”我大声喊道。

“我说，”她大喊着，“你是打算爬上来，还是打算像个白痴一样一直挂在那里？”

各位，这就是芭斯蒂。不过她说的话也算有道理啦。于是，我开始顺着摇摇晃晃的梯子往上爬——太艰难了，而且比你们能想象的情景还可怕上万倍。

我坚持往上爬，好不容易才在紧要关头得救，要是在这种时候从梯子掉下去，摔扁在地上，那可就太不值得了。我爬到够得着的地方时，芭斯蒂伸出一只手，一把将我拉进水晶龙的肚子里，接着她拉下墙面的一根控制杆，绳梯便簌簌簌地收了回来。

我好奇地看着。在那个时候，我真正见识过的沙里麦科技还是很少，所以仍然认为这是种“神奇的力量”。梯子回收时并没发出噪声，没有叮当声，也没有发动机的轰鸣，就这样直接绕着一个滑轮收了上来。

一块水晶板滑过来关上了门。我完全被惊呆了——四周完全透明的水晶墙映射着阳光，显得格外耀眼。外面的景色更神奇了——我们已经出了大雾的范围，能清晰看到下方美丽的景物；我几乎觉得自己腾云驾雾般在天空中飞，拥抱着无边的阳光和美景——

“你发呆发完了没?”芭斯蒂双手叉着腰，突然迸出这句话。

我瞪了她一眼。“真不好意思啊，”我说，“我正试着享受这美好的时刻呢。”

她哼了一声。“然后你要干嘛? 要不要吟诗作画? 快走了。”她立刻转身进入一处水晶走道，往龙头的位置走去。我对自己苦笑——我已经两个多月没看到芭斯蒂了。这段时间内，我们两人都不知道对方是否还活着，是不是还能再见面。

不过，对于芭斯蒂而言，这种欢迎方式算是很棒的——她没冲我扔东西，没拿什么东西打我，甚至没咒骂我——我已经谢天谢地了。

我立即跟上。“你的制服呢?”

她的眼神往下移。现在她身上穿的，不是从前那套时髦的银色夹克配长裤，而是更硬挺，像士兵的服装，全身上下都是黑色，扣子却是银色的，看起来像军人在正式场合穿的礼服。她的肩膀上还有小小的金属制品，可是我永远也记不起来那叫什么来着。

“我们已经出了哈嘘国了，史亚克，”她说，“或者说我们很快就会离开哈嘘国。既然如此，干嘛还要穿他们的服装？”

“我以为你喜欢那种服装。”

她耸了耸肩。“现在，我就应该穿成这样。再说，我喜欢穿用玻璃编织的外套，而这套制服正好有一件。”

我还是搞不清楚他们到底是怎样用玻璃来做衣服的。这种衣服显然很昂贵，但还是值得。玻璃编织的外套耐打击，保护穿戴它的人，效果几乎跟盔甲一样好。在上次我们潜入图书馆时，芭斯蒂就是因为穿了它才逃脱了致命的一击。

“好吧，”我说，“那么我们现在搭乘的这个龙是怎么回事了？我猜这是某种交通工具，而不是某种怪物？”

芭斯蒂对我摆出一副很鄙视的面孔——我一直提醒她赶紧去申请注册。她可以将这种表情拍成照片当脸谱来卖，他人可以拿这照片来吓唬小孩，将牛奶吓成奶酪，或者用来吓恐怖分子，让他们投降。

太缺乏幽默感——对我的调侃，她总是一本正经。

“它叫龙飞，是沙里麦科技，当然不是活的。”她说，“我相信有人告诉过你，将东西活化是眼镜侠才能做到的。”

“那好，可为什么要把它变成龙的样子呢?”

“你以为我们应该弄成什么样子呢?”芭斯蒂说，“将我们的航空器造成……长长的水管吗？还是弄得像那些所谓的飞机？我不敢相信那种叫飞机的东西能悬停在空中。它们的翅膀却是死的，根本不会动！”

“你 OUT 了，它们根本不用挥翅膀，因为它们装了喷气式发动机！”

“哦，那为什么要装翅膀?”

我愣住了。“这是空中飞行和物理学之类的专业问题。”

芭斯蒂又哼了一声。“物理学，”她咕哝着说，“又是图书馆员骗人的把戏。”

“物理学才不是骗人的把戏，芭斯蒂。它可是有严密的逻辑。”

“那也是图书馆员的逻辑。”

“但都是事实。”

“哦?”她说，“如果是事实，为什么它们那么复杂?解释自然界的事不是应该很简单吗？为什么要扯到那些不必要的数学，提到一堆乱七八糟的东西?”她摇摇头，转身背对我。“那全都是为了骗人的雕虫小技。要是哈嘘人觉得科学很复杂，太难理解，他们就不敢问问题了。”

她回头看着我，很明显是看我还有什么补充的。我没有继续分辩。其实，跟芭斯蒂太熟悉了，我知道了什么时候该住嘴，尽管我的脑袋还是一直在转。

她怎么知道这么多图书馆员在学校里教学的事？我心想。她实在太了解哈嘘人了。

芭斯蒂对我而言却还是个谜。她以前想当眼镜侠，所以读了很多关于镜片魔法的书。然而，我还是不太明白她为何这么想成为眼镜侠。所有人（呃，或者该说是哈嘘国之外的所有人）都知道，眼镜侠的天赋是因遗传而来的。这跟一般人选择当律师、会计师或园艺师不一样，你没办法因为你喜欢，只要努力，就能“成为”一位眼镜侠。

这时，我发现自己有些害怕了，为什么？因为乘坐的飞行器是一条透明的水晶龙，地板很自然也是透明的，又飞得这么高。主要是它的运动方式让我感到害怕，用一块水晶板拼成的底板，随着翅膀扇动。应该说整个身体都在不断上下左右晃动。

走到了飞龙的头部，我猜我们算是来到了飞龙的驾驶舱吧。水晶门滑开。我一进去就踩上一条褐紫红色的地毯，刚好遮住下方的透明地板，让我没法看到地面上的景物，真是太好啦。我看见两个人。

但爷爷不在其中。他去哪儿了？我纳闷着，心里也愈来愈烦恼。芭斯蒂做了个奇怪的动作：她一进来就立刻站在门边，挺直身体站好，目视正前方。

前面两人中的一位转向我。“史亚克阁下。”那女人说道，两只手臂直直贴着身体侧面。她穿着一套钢盔甲，就像我在博物馆里见过的那种，不过这套盔甲似乎非常合身。从板子弯曲的程度看来，它应该比一般的盔甲有弹性，另外，这些金属板也比较薄。

这女人将头盔夹在一边手臂下，对我低头致意。她的头发是深沉的银色，脸孔看起来很熟悉。我瞄了芭斯蒂一眼，然后再转回她的脸上。

“你是芭斯蒂的妈妈?”我问道。

“是的，史亚克阁下。”女人回答道。她的语气跟身上那套盔甲一样僵硬。“我是——”

“哎呀，史亚克!”另一个人打断了她的话。那个女孩坐在仪表板边的驾驶座上，她穿着粉红色的束腰上衣和棕色长裤。我透过镜片所看到的就是她那张脸。她留着一头长长的黑发，发梢有点儿卷，深色皮肤，五官有些丰满。

“我真高兴你成功了，”女孩大声叫着，“我还以为我们救不到你呢！后来芭斯蒂看到了穿透浓雾的红色光线，我们就猜那是你发出的求救信号。看来我们没猜错哦!”

“你是……?”我问。

“史莉雅!”她说，然后就从座位跳下，冲过来抱住我。“你的堂姐啊，傻瓜！我是小唱的妹妹。”

“嘎!”我说。她抱得实在太紧，我差点被挤得变形了。芭斯蒂的妈妈眼睛盯着前方，双手放到背后，动作像是稍息。

莉雅总算放开我了。她的年纪大约是十六岁，戴着一副蓝色的镜片。

“你也是眼镜侠!”我说。

“我当然是啊!”她说，“不然我怎么跟你联络呢？只是，我不太会使用这种镜片。呃……其实大部分的镜片我都不太会用啦。总之，终于见到你了，我实在太高兴了！我听过很多关于你的事哦。嗯，其实也只听过几段而已。好吧，你的事情我都是从小唱寄来的两封信里得知的，不过信的内容都是对你的大力称赞喔。你真的拥有破坏天赋吗？"

我耸耸肩。"他们是这么告诉我的——你的天赋是什么？"

莉雅笑了。"我可以在早上起床时看起来丑得要命！"

"噢……真厉害。"我还是不确定该对史家的天赋做出何种反应。通常我都看不出对方在讲自己的天赋时，到底是该觉得兴奋还是羞愧。

不过，莉雅看起来似乎对任何事都觉得很兴奋，她得意地点着头。"我知道啦。这是个有趣的天赋，跟破坏天赋不同，不过我还是会好好利用的！"她看了看四周。"我不知道卡兹跑哪儿去了，他一定也很想见见你的。"

"他是我的另一个堂兄弟？"

"其实呢，他是你叔叔。"莉雅说，"是你爸爸的弟弟。他刚才还在这里……不知道又晃到哪儿去了。"

我又察觉一项天赋的存在了。"他的能力是迷路？"

莉雅笑了。"原来你听说过他啊！"

我摇头。"随便猜的。"

"他迟早会出现的，每次都是这样。总之，能见到你，我实在是太高兴啦！"

我犹豫地点着头。

"史小姐。"芭斯蒂的妈妈声音从我们后方传来。"我并非故意打断，但你是不是应该要去驾驶飞龙了呢？"

"嘎！"莉雅说完，随即跳回到她的座位上。她将手放在面前一个方形物上，显然那就是水晶控制台。

我走到她身边，从龙眼往外看。我们还在往上爬升，很快就要进入云层了。

"那么，"我回头看着芭斯蒂问道，"爷爷在哪里？"

芭斯蒂没说话，保持着站立的姿势，继续盯着前方。

"芭斯蒂？"

"你没必要和她啰唆，"芭斯蒂的妈妈说，"她只是来当我的随从而已，不值得你去注意。"

"胡说！她是我的朋友。"

芭斯蒂的妈妈没回话。但我瞥见她流露出一丝不以为然的眼神。她一发现我好像在端详她，就立刻挺直身体站好。

"随从芭斯蒂的阶级已经被剥夺了，史亚克阁下。"她说，"如果你有任何疑问，应该直接问我，而且从现在起，我将是你的水晶骑士。"

那还真是太棒了，我心想。

在这里我要提醒各位一下，芭斯蒂的妈妈（她叫卓尔琳）绝对不像我第一眼看到那样，她是个拘谨而无聊的人。有个很可靠的消息来说，她上次开怀大笑还是在十年前的事了。不过有些人还说，那只是她打了个大喷嚏，被误认为是笑声。大家都知道她偶尔会眨眨眼，那也只是在午餐或休息**时间才会这么做**。

"随后芭斯蒂并未以合乎水晶骑士头衔的方式妥善执

行她的职务，”卓尔琳接着说，“她总是粗心大意，丢尽了骑士的尊严，使她负责保护的眼镜侠一度陷入危险。而且不止一位眼镜侠，是两位。她让自己成为敌人的俘虏。她让各国国王秘密会议里的一位重要成员遭黑暗眼镜侠俘虏。还有最严重的，她丢了她的水晶剑。”

我看了一眼芭斯蒂。她的嘴紧闭着，眼神仍然盯着前方。我觉得心中有一股愤怒涌出。

“那些都不是她的错。”我回头看着卓尔琳。“你不能因为这样就惩罚她！弄坏她那把剑的人其实是我。”

“她根本不是因为错误受惩罚，”卓尔琳说，“而是因为失败。这是水晶人的众领袖所做出的决定，史亚克阁下，而我是派来执行惩罚的，裁决并不会改变。你应该也知道，水晶骑士并不受任何王国或皇室的管辖。”

事实上，我并不知道这一点。我从来没听过什么关于王国的事，也很不习惯人家叫我“史亚克阁下”。我后来慢慢了解，其实大多数的自由人都非常尊敬史麦卓家族，因此我猜他们应该是出于仰慕才会这样称呼我的。

当然，这背后还有更多原因。不过话又说回来，每件事背后总会有会让你觉得十分有趣的秘密，对吧？

我回头看了一眼芭斯蒂，她站在驾驶舱后方，满脸红得像苹果。*我得跟爷爷谈谈，我决定了。他或许可以帮忙处理好这件事的。*

我坐到莉雅旁边的椅子上。“好吧，可以告诉我，爷爷在哪儿吗？”

莉雅看看我，然后脸就红了。“我们不太确定。我们今天早上收到他一张纸条，是用抄写镜片发送过来的。纸条指示，叫我们照着做。如果你要的话，我把它拿给你看。”

“麻烦你啰。”我说。

莉雅开始翻上衣的口袋，最后掏出一张皱了的纸条递给我。

纸条上写着：

莉雅，

我不知道自己能不能去接人。有件事需要我处理。麻烦你们去接我的孙子，照计划带他到纳哈拉。等这边的事情忙完了，我再去跟你们会合。

史理文

我们再次钻进了云层，飞行器的速度愈来愈快。

“我们要去纳哈拉？”我回头问芭斯蒂的妈妈。

“一切遵照你的命令。”她说。语气暗示我只有这个选择。

“那么就这样吧。”我说。我觉得有点失望，不过我没有说出原因。

“你快回休息室去休息下吧，史亚克阁下。”卓尔琳说，“你可以在那里休息；从这里飞越大海到纳哈拉要花上好几个小时。”

“好吧。”我说着站了起来。

“我带你去。”卓尔琳说。

“不必了，”我看着芭斯蒂。“这种事让随从做就行了。”

“那么就照你的指示。”她说完后，朝芭斯蒂点了点头。我走出驾驶舱，芭斯蒂跟在身后。然后，我们两个都停下来等门关上。透过门，我看见卓尔琳转了个身，正对着龙的眼珠站好。

我转向芭斯蒂。“那到底是怎么回事？”

她脸有些微微发红。“就是她说的那样啊，史亚克。走吧，我带你去你的休息室。”

“喂，别这样。”我跑着跟了上去。“你只不过丢了一把剑，他们就惩罚你做随从，也太过分了吧？”

芭斯蒂的脸涨得更红了。“我母亲是勇敢且备受敬重的水晶骑士。她总是能最完美地完成任务，而且永远不会草率行动。”

“这根本就是答非所问。”

芭斯蒂低下头。“听着，在弄坏了那把剑的时候我就告诉过你，我会陷入麻烦的。这下子遭到处罚了，你见识了吧。但我会自己应付好，不需要你的同情。”

“我才不是同情！我是不高兴！”我注视着她。“你为什么不说是我把剑给弄坏了，芭斯蒂？”

她咕哝了一些关于史麦卓家族的事，但除此之外就不再回应我了。她抬起头穿过玻璃走廊，带我去客舱休息。

然而，我走着走着，心里因为这些事而觉得愈来愈不舒服。*爷爷一定是发现了什么，否则他不会不来的，这次他竟然不让我参与这么重要的事？我讨厌这样。*

但如果你们想想，就会发现我这种想法实在是太蠢了。我一直都没参与过重要的事，比如，在那时，世界上就有好几千人在做非常重要的事（从结婚到发明创作之类的），而我竟然全都没赶上。事实上，哪怕是最重要的人物，也没法亲见这世上同时发生的所有事情。

可是我仍然很不高兴。我走着走着，突然发现自己还戴着通话镜片。这副眼镜的通话范围很有限，但爷爷说不定就在附近。

我启动镜片，开始呼叫："爷爷?"我集中精神。"爷爷，你在线吗?"

还是没回应，我叹了口气。反正也只是碰运气试试而已，我并没有真的想——

一个非常模糊的影像出现在我眼前。"史亚克?"有个隐约的声音传来。

"爷爷?"我兴奋起来了。"没错，就是我!"

"法法路斯拉！你怎么能从这么远的距离联络上我啊?"虽然我们是直接在脑中对话，但他的声音还是微弱到快听不见了。

"爷爷，你在哪里?"

他说了一些话，可是我听不清楚。我闭上双眼，让精神更集中些。"爷爷!"

"史亚克！我猜想我找到你爸爸了。他来过这里，我很确定!"

"在哪里，爷爷?"我问。

声音愈来愈细微了。"亚历山大图书馆……"然后他的声音就消失了。

我全神贯注，再也联络不上他了。最后，我叹了口气，睁开眼睛。

“你还好吧，史亚克?”芭斯蒂对我露出奇怪的眼神。

“亚历山大图书馆，”我说。“在哪里?”

芭斯蒂盯着我。“呃，在亚历山大城吗?”

“也许，那是哪里?”

“埃及。”

“是指真正的埃及?我们所知道的那个非洲的埃及?”

芭斯蒂耸了耸肩。“我想是吧。干嘛问这个地方?”

我回头瞄了一眼驾驶舱。

“不行。”芭斯蒂双手交叉在胸前。“史亚克，我知道你在想什么。我们不能去那里。”

“为什么?”

“亚历山大图书馆太危险了，就连一般的图书馆员也不敢进去，除非他们发疯了，否则绝对不会去那里的。”

“你怎么知道?”

我用手指轻拍着自己的镜片。

“那副眼镜没办法在这么远的距离发挥作用。”

“可以，我刚刚才跟他讲完话。他就是在那里啊，芭斯蒂。而且……最奇怪的是，他认为我爸爸也在那里。”

我的胃里感到一阵纠结。从小到大，我一直以为我的父母都不在人世了，但现在我却知道他们两个其实还活着。我妈妈或许是个图书馆员，为邪恶的一方效力。我不太确定自己是不是真的想知道爸爸的为人。

不，不对，我真的很想知道爸爸是什么样子，只是惊喜的同时感到有点恐惧而已。

我再看看芭斯蒂。

“你确定他在那里?” 她问。

我点点头。

“碎玻璃啊,” 她用抱怨的语气说,“上次我们做了跟现在一样的事,结果你差点就回不来了,你爷爷也受尽折磨,我还弄丢了我的剑。我们真的要再冒一次险?”

“万一他碰上了麻烦呢?”

“他哪次没碰上麻烦?” 芭斯蒂抱怨。

我们沉默了下来,然后同时转身朝驾驶舱跑去。

第 3 章
Chapter Three

我想要弄明一件事。我一直对你们很不公平。不过这点你们应该预料得到吧，因为我是个不折不扣的“骗子”。

在本套书的第一册中，我对图书馆员做了一些很模糊的介绍，但其实里面有很多信息，我自己也不确定。

我得说清楚一点，图书馆员分成好几种。我在上本书里谈到的也仅仅是其中一种，我们把他们称为宝书昇图书馆员，或者叫做书籍骨头图书馆员。我所说的关于他们的事，大部分都是真的。

当然，我没花时间给你们讲清楚，图书馆员并不是只有他们这一种。因此你们大概以为所有的图书馆员都是邪恶的狂热分子，一心要掌控世界，奴役人类，甚至把人抓到祭坛上当祭品。

这么想就完全错啦。不是所有图书馆员都是邪恶的恐怖分子。有些图书馆员是报复心很重的恶魔，只想吸走你们的灵魂。

“我很高兴我们总算把这点说清楚了。”

“你说什么了?”芭斯蒂的妈妈惊奇地问道。

“飞往亚历山大图书馆。”我说。

“不可能的，阁下。我们不能这么做。”

“我们一定得这么做。”我坚持道。

莉雅转过头来看着我，一只手留在发亮的玻璃控制台上，似乎仅靠这样就能驾驶龙飞了。“史亚克，你为什么想去亚历山大市呢？那里可不是什么好玩的地方哦。”

“我爷爷在那里，”我说，“这表示那地方很值得去。”

“他没说他要去埃及啊?”莉雅满脸疑惑地说道，然后看了看爷爷留的那张皱巴巴的纸条。

“亚历山大图书馆是哈嘘国里最危险的地方，史亚克阁下。”卓尔琳继续说道，“一般的图书馆员只会想杀你或把你关起来，但亚历山大图书馆的馆员们却想偷走你的灵魂。凭着我的良心，我不能让你去冒险。”

我眼前这个高大、穿着盔甲的水晶骑士直挺挺地站着，双手背在身后。她的银发很长，但只绑了个最简单的马尾巴。而且，在跟我说话时眼睛也死盯着龙飞眼镜的正前方。

我想先提醒各位，我接下来做的事可是完完全全合乎逻辑，真的。宇宙中有一项法则，这法则对大多数哈嘘人而言都很陌生，不过对自由国度的科学家来说却是很普通的常识——“必然”法则。

如果用外行人的话来解释，这条法则指的就是：有些事情一定会发生。比如，某个操作台上的红色按钮，按钮上方还贴了“不要按”等类似的警示文字，那么最后一定会有人按下去；再比如，作家契诃夫的壁炉上挂着一把枪，而且很显眼，那么最后一定会有人拿来射击，而且那个人或许会对尼采开枪吧。

要是有个严肃苛刻的女人告诉你们该做什么事，同时还称呼你们“阁下”，你们也一定会想测试自己能命令她到何种程度。

“用一只脚上下跳。”我指着卓尔琳说。

“不好意思，你说什么？”她红着脸问。

“快做。这是命令。”

她照做了，脸上露出愤怒的表情。

“你可以停下了。”我说。

她停了下来。“能告诉我为什么吗，史亚克阁下？”

“这个嘛，我只是想知道我的命令的有没有人执行，没有其他意思，换句哈嘘国图书馆员常说的话，就是你是不是会真的服从我的命令。”

“必须的。”卓尔琳说，“你身为史提卡的长子，是伟大的史麦卓史家族最聪明的继承人。你的地位比你堂姐和叔叔还高，也就是说，你是这架飞船的船长。”

“那太好了，”我说，“这是不是表示我可以决定我们要朝哪里飞，对吧？”

芭斯蒂的妈妈沉默了一会儿。“嗯，”她总算开口了，“道理上说是这样的，阁下。不过，我肩负着安全护送你回纳哈拉的责任，而要我带你去这么危险的地方简直就是失职，另外——”

“是是是，你们大人那些永远也唠叨不完的顾虑就省省吧。”我说，“莉雅，走吧，我要尽快赶去埃及。”

芭斯蒂的妈妈闭上了嘴，脸却涨得通红了。莉雅耸了耸肩，将手放到另一个方形水晶台上。“嗯，带我们去亚历山大图书馆吧。”她说。

大水晶龙慢慢转圈，六只翅膀持续拍动着，开始调整飞行方向。

“这样能行吗?”我问。

莉雅点头。“不过，我们还是要飞几个小时才会到目的地。我们会绕过极地再往下到中东地区，而不是直接飞跃纳哈拉。”

“呃，那好。”我说。在明白了自己做了什么决定之后，我开始觉得有些担心——不久之前我才想赶快抵达安全之处，而现在我竟然打定主意要前往一个大家都说危险到了极点的地方?

我在干什么? 我怎么会指挥起别人，开始下命令? 我觉得不太好意思，于是离开了驾驶舱。芭斯蒂跟在我后面。“其实我不知道自己刚刚在做什么。”我边走边向她坦承。

“因为你爷爷可能有危险。”

“是的，没错，但我们需要做些什么准备了?”

“我们上次误打误撞帮了他，”她说，“是从布莱本那里救了他的。”

我没说话，静静穿过水晶走廊。对，我们救了爷爷……可是……呃，我总觉得爷爷终究还是有办法从布莱本手中脱身的。史理文活了超过一个世纪，而且就我所知，他曾经遇到过好几次比那更危险的处境，结果还不是好好地，没有缺胳膊少腿。

可是用镜片对付布莱本的人是他，我一点忙也帮不上。没错，最后破坏火焰使者镜片骗倒布莱本的人是我，但其实我根本不知道自己在做什么。我的胜利应该说是侥幸，瞎猫遇到死耗子，不是靠实力赢得的。而我现在又要再次让自己身陷危险之中？是不是还会有这么好运气？

无论如何，事情已经决定了。龙飞改变了航向，带着我们朝埃及前进。*我们可以先在外面侦查一下情况*，我心想。*如果太危险，我们就留在外面等待机会吧*。

我正要向芭斯蒂解释这些时，一个声音突然从我们身后传来。“芭斯蒂！我们的航向变了。这是怎么回事？”

我吓了一跳，马上转过身去，看见走廊上有个大约只有四英尺高的矮男人朝我们走过来。刚才那儿明明没人的，我实在不知道他是从哪里蹦出来的。

他的打扮很拉风：一件皮夹克上衣塞进坚韧耐穿的长裤，再搭上一双长筒靴。他的脸很大，下巴很宽，留着一头深色的卷发。

“精灵！”我脱口而出。

矮男人停下脚步，一脸疑惑。“这种称呼倒是第一次听到。”

“你是哪一种？”我问，“小妖精？还是一般的小精灵？”

矮男人露出惊讶的表情，然后看着芭斯蒂。“榛果啊，芭斯蒂，”他咒骂着，“这个小丑是谁？”

“卡兹，这位是你的侄儿阿尔卡特拉兹·史麦卓，史亚克。”

矮男人将眼神移回到我身上。“噢……我们终于见面了——他似乎比我想象中的还笨呢。”

我尴尬得满脸通红。“你……不是精灵吗？”

他摇摇头。

“你是霍比特矮人？像《魔戒》里的那种？”

他摇摇头。

“难道你只是个……侏儒？”

他瞪了我一眼。“你不知道‘侏儒’这个称呼很不礼貌吧？就连哈嘘人也不会这么形容一位陌生人哦。只有我那些被强迫到怪咖马戏团表演的同类才会被人称做侏儒，比《冰与火之歌》里的提利昂还夸张的。”

我愣了一下。“那么我应该如何称呼你？”

“这个嘛，叫我卡兹比较适合。我的全名是卡兹安，但那些臭图书馆员不久前才将一个监狱也取成这个名字。”

芭斯蒂点点头。“那个监狱是在俄罗斯吧。”

矮男人叹了口气。“不管怎样，如果你一定要提到我的身高，我认为‘矮个子’比较文雅了。对了，谁来解释一下为什么我们要改变航向啊？”

我觉得真是伤自尊，不好意思正面回答他的问题。我不是故意要侮辱长辈的。（幸好这些年来，我的脸皮厚了不少。我现在很会故意侮辱人，甚至可以用你们自由人没听过的词语来骂。懂了吗，你们这些戴格布拉德。）

还好，芭斯蒂回答了他的问题。“我们收到消息，知道你父亲目前在亚历山大图书馆。我们认为他可能遇上麻烦了。”

“所以我们要去那儿?”卡兹很惊奇地问道。

芭斯蒂点头。

卡兹兴奋了起来。“既然是这样，太棒啦!”他说，“总算在这趟旅程中听到一个令人兴奋的好消息了。”

“等等，”我说，“这算好消息?”

“当然啦!我很想去那个地方探险，已经想了好几十年了，但一直找不到合适的理由。我要赶快去准备功课啦!”他掉转头，立刻朝驾驶舱的方向走去。

“卡兹?”芭斯蒂叫了声。他停下来，回头看着我们。

“你的休息室在那头。”她指向走廊另一边。

“椰子啊。”他咒骂了一声，然后转身顺着她指的地方走去。

“没错，”我说，“他的确总是迷路。”

芭斯蒂点头。“更糟的是，他平常还坚持要做我们的向导。”

“那要怎么带路?”

“用奇怪的方式带。”她继续往前走。

我叹了口气。“看来他不太喜欢我。”

“第一次见到你的人似乎都会这样，我一开始也不太喜欢你。”她看了我一眼。“至于现在，我还真说不上是喜欢还是不喜欢。”

“你说这话还真是太给面子了。”我跟着她走在龙飞的身体里，突然有亮光从上方一对翅膀的肩胛骨之间透出来。这里的水晶闪耀着光芒，而且不断移动，看起来似乎有很多精密的零件在工作。整个区域的正中央有道很亮的光芒，像是焖烧的火苗。亮光偶尔会被几片一直移动而又不透明的玻璃给遮住，所以每隔几秒，这道光线就会暗掉，然后又亮起来。

我向上指。“那是什么?”

“发动机。”芭斯蒂说。

那里没发出任何噪声，跟我印象中运转的汽车发动机完全不一样：至少没那种熟悉的轰轰声，没有活塞的快节奏运动，没有燃烧的火焰，甚至连蒸汽都没有。“它是怎么工作的?”

芭斯蒂耸耸肩。“我又不是沙里麦工程师。”

“你也不是眼镜侠，”我说，“可是你对于镜片很了解。”

“那是因为我坚持阅读关于镜片的书籍。我对沙里麦科技可没什么兴趣。走吧，你到底想不想去你的房间?”

我很想，因为我累了，所以还是乖乖跟着她离开。实际上，沙里麦引擎并没有那么复杂，它们比一般哈嘘人用的发动机简单多了。

这一切都与一种叫亮沙的特殊沙子有关，受到加热之后，它会发出灼热的光线，而这种光线能让特定的玻璃做出奇怪的事。有些玻璃经由沙里麦光照射到光线，就能将它们拿来当发动机了。

我知道哈嘘人可能会觉得这很好笑。你们会问自己：“如果沙子这么珍贵，为什么世界上到处都有?”这是一个可怕的谎言，而你们无疑就成了受害者。(你们一直受骗，难道不觉得很烦吗?)

图书馆员费尽心机要让大家无视沙子，好不容易才在哈嘘国藏满了沙子——少数没任何用处的沙子，就算熔炼后也没用。要让人忽视某样东西，最好的办法不就是将它当成垃圾一样随处扔吗?

千万别叫我解释肚脐眼上的绒垢的来历哦。

我们终于找到了属于我的休息室。这条像蛇的龙身体里有二十英尺宽，所以每个休息室都很大。不过每一面墙都是透明的。

“这里可真的不方便保护隐私，对吧?”我说。

芭斯蒂白了我一眼，然后一只手按在墙面的控制板上，叫一声，“变暗。”四周的墙壁立刻变黑了。接着她转过来看我。“我们将它弄成透明的，是因为这样便于隐身，也就是不易被别人发现。”

“哦，”我说，“那么这是科技，不是魔法呢?”

“当然。而且任何人都办得到，不是只有眼镜侠才行。”

“可是驾驶这只龙的人是莉雅。”

“那跟她是眼镜侠无关，是因为她本来就是位飞行员。听着，我得回驾驶舱了。带你到休息室用了这么多时间，我那身为骑士的母亲一定会很不高兴的，后果很严重。”

我看着她，她似乎真的很烦恼。“很抱歉弄坏了你的剑!”

她耸耸肩。“或许我不配拥有那把剑吧。”

“为什么?”

“这是明摆着的事实嘛。”芭斯蒂的语气有些沮丧。“就连我母亲都觉得我不该受封为最高等的骑士，她认为我还没准备好。”

“她太严厉了。”

“她讨厌我。”

我惊讶地注视着她。“芭斯蒂！我直觉她不是讨厌你。因为她是你妈妈啊。”

“我让她感到很羞耻，”芭斯蒂说，“一直都是这样。可是……我不知道自己干嘛跟你谈这件事。去休息一会儿吧，史亚克。一切要紧的事，就交给那些明白人去干吧。”

她说完以后便抬头挺胸地朝驾驶舱走去。我叹了口气，拉开水晶门进了休息室。里面没有床，不过在角落里有一捆卷起来的床垫，这个房间跟龙身体内部其他地方一样，不断地上下起伏着。外面的翅膀每扇动一下，身体就会像飘在大海里的小船一样，上下起伏，左右晃动。

一开始我觉得有点晕，不过一会儿就习惯了。我坐下来，看着房间的玻璃。这面墙还是透明的，因为芭斯蒂刚才只将我后面的墙变暗了。

云朵在我下方铺开来，一直延伸到很远的天边，一块块凹凸不平的白色云团，看起来有如某种外星球的景观，也有点像捣得不够碎的土豆泥。太阳在远处落下，射出奶油般的亮黄色光线，像是被融化一样正慢慢沉没，消散。

一想到这些诱人的美食，我竟觉得肚子非常饿了。

不过，我安全了，而且自由了。我离开了哈嘘国，正要前往我出生的家乡。尽管我们还要到埃及去找爷爷，不过能这样不停地旅行，我觉得比待在某个危险的角落里苦等要舒服多了。

我上路了，准备去找我的爸爸，也许还能找出关于我的其他未被发掘的童年趣事。

尽管我可能不喜欢最后的真相，但在那一刻，我感觉超级爽。还有，尽管我还是能透过地板从高空往下看，饿着肚子前往另一个足够危险的地方，我还是觉得自己很自由了，因此，沾上床垫竟慢慢睡着了。

我醒来时，竟然看见一个飞弹在我头上几英尺的空中爆炸开来。

第4章

Chapter Four

你们认为自己搞懂了，对不对？你们是不是发现我的逻辑陷入了混乱？我的论点有不靠谱？我的脑袋结冰了，无法合理思考？我的……呃……思维都短路了？

最后一点就当我没提过吧。

总之，我的逻辑非常混乱，而你们应该也注意到了——我宣称自己是个骗子，而且我是开诚布公地说，却没有耍任何奸诈的计谋。

可是，在向各位声明我是骗子之后，我还是继续写了这本自传。因此，你们怎么能相信书上的话呢？如果这个故事是由骗子来讲的，难道会是真的吗？事实上，你们怎么能相信我是骗子呢？如果我说谎，那么我说自己是骗子，会不会也是骗人的谎话呢？

现在你们明白我为什么会提到脑袋结冰了吧？让我好好澄清一下。我一直都是个骗子，我的一生充满骗局，我那些著名的英勇事迹、我的生活、我的盛名等等，全部都是谎言。

而我现在告诉你们的才是真话。这样一来，我只能通过说实话来证明我是骗子，不过我还会说一些谎话

（我会提醒你们）来证明我叫自己骗子这件事真的也是实话。

懂了吗？

龙飞剧烈摇晃，扭动着身体远离外面黑暗半空中还清晰可见的爆炸，我整个人被从床上掀了下来，猛力撞在漆黑透亮的玻璃墙上。接着，我们的龙飞惊险地躲过了另一枚飞弹，我再一次被甩得双脚离地。那枚飞弹留下一道火红的烟雾，最后像焰火一样在远处爆炸开来。

我才刚爬起来稳住身子，就看见有东西从龙飞旁边高速掠过，那不是飞弹，我听见它装置着轰鸣的发动机。它看来很吓人，像是一架 F-16 喷气式战斗机。

“碎玻璃啊！”我大喊一声，然后勉强稳住身形。我迅速掏出镜片，戴上之后冲向驾驶舱。我跌跌撞撞地走进舱门，只看见芭斯蒂一边指着外面。一边大声吼道：“左边！左转！”

莉雅累得满头大汗，正忙着驾驶龙飞左转右拐，躲开进攻的战斗机和飞弹。龙飞避开又一发飞弹时，我差点被转向的惯性摔倒在甲板上。

我扶着摇晃的门呻吟着。这时，卡兹从座位下钻出来，双手抓住控制台的仪表板，从龙的另一只眼珠往外望去。“这样才过瘾嘛，”他用称赞的语气说道，“好多年没被人追着射飞弹啦！”

芭斯蒂狠狠瞪了他一眼，然后转头看向别处，而我上前去，抱住一张椅子站稳身体。

战斗机又在朝我们发射飞弹了。

我集中精神，试图让我的魔法破坏那架准备攻击的飞机，就像我上次破坏图书馆员的手枪那样，可是什么也没改变。

幸好，莉雅及时扭转龙飞避开了飞弹。我的手也顺势一滑，整个人被甩飞到侧面角落里了。这就是所有东西都用水晶制作的坏处，单凭双手实在太难抓稳了。

芭斯蒂还勉强站着，那也是因为她戴着战士镜片的缘故，强化了身体的能量。卡兹没戴任何镜片，但他的底盘较低，平衡感比我好多了。

飞弹在远处爆炸。我揉揉自己的头。“不可能啊!”“那架战斗机有这么多零件，我的魔法应该能够轻易破坏它才对啊。”

芭斯蒂摇摇头，然后转过来看我。“那些是玻璃飞弹啦，史亚克。”

“我从没见过这种东西呢，”莉雅看着战斗机所拖出的烟雾说，“那架战斗机超越了哈噓人的科技水平。呃，那是某种混合的技术，一部分机身看起来像金属，可是其他的看起来像玻璃。”

芭斯蒂伸出一只手，把我拉得从地上站起身来。

“噢，榛果啊!”卡兹咒骂了一声，指着外面。我靠在椅子上，眯起眼睛，看见战斗机已经转向，正朝着我们冲过来。它看起来似乎比一般的喷气式飞机还好操纵，也更精准。战斗机转过头来，它的驾驶舱突然发出了一缕强光。

我皱起眉头琢磨着是什么新式武器，其他人也同样纳闷。

那一道刺眼的白光正好击中龙飞的一边翅膀，立刻溅起一大片冰雪碎片。翅膀上立刻结出一层冰霜，但龙飞的动力装置强迫它继续工作，一分钟后它变成一片粉碎的冰花了。龙飞的整个身子也跟着偏向一侧。

“是冰霜镜片!”芭斯蒂大喊。

“才不是镜片!”莉雅说，“那光线武器是从座舱罩那块玻璃发射过来的!”

“太强大啦!”卡兹一边说，一边拼命抓住椅子稳住身体。

我们死定了，我心想。

一股冰冷的恐惧，觉得“自己死定了”的可怕想法——我已经不是第一次感受到它了。我在祭坛上将被献祭时有过这种感觉，在布莱本用他的强大镜片对付我时有种感觉，在看着那架F－16转回头准备给我们第二波攻击时也有这种感觉。

我很不喜欢这种感觉，因为这就像“自己死定了”的想法有拳头一样，可以揍得你脸上又红又肿又疼似的。

那可是一记很有杀伤力的右钩拳哦。

“我们得想办法!”我话才喊出口。龙飞倾斜得更厉害了。莉雅竟然把眼睛闭了起来——我后来才知道她在集中精神补救少了一片翅膀的动力，让我们的龙飞不至于一头栽下去。在前方，战斗机的座舱罩又一次发光了。

“我们正在想办法。”芭斯蒂说。

“什么办法?”

“拖延时间!”

“为什么?”

上方传来沉重的脚步声。我一抬起头看穿透明的玻璃，就知道她指的是什么了。芭斯蒂的妈妈就站在龙飞的机身顶上。她穿着盔甲，一件很酷的斗篷披在她身上，披风的后摆正被狂风吹得四处飘飞着。她手中举起一把闪亮的水晶剑。

上次在偷袭图书馆行动中，我见过一次。芭斯蒂曾拿着它对抗活化物。我心想自己可能记不得剑的尺寸了，也许是因为芭斯蒂不高，使得那把剑看起来又大又长。

但我错了。那把剑确实非常大，从剑的尖端到剑柄至少有五英尺长。这把亮闪闪的剑完全由水晶铸成，这也是水晶人与水晶地名字的由来。

(那些骑士取名字的本事真的太一般了：水晶人、水晶地、水晶……有一次我进入水晶地时，开了个玩笑说我打算把我的土豆命名为‘由住在土豆地的土豆人所种植并精心制作用的土豆’，结果没有一个骑士觉得好笑。或许我应该把土豆改成胡萝卜吧。)

卓尔琳走到龙飞的头部，她那只盔甲靴子踩在水晶上叮叮作响。虽然外面风很大，我们的飞行器也不断翻滚，但她却就像钉在外面一样，稳稳地站着。

战斗机的冰霜镜片对准另一片翅膀发射一道强光。芭斯蒂的妈妈跳起来，从空中直扑过去，斗篷也跟随身姿猎猎翻飞。她降落在那一只完好的翅膀上，举起手中的水晶剑，那道带着霜的光束一碰到剑，顿时消失得无影无踪。真不可思议，芭斯蒂的妈妈挡住了这次攻击，身体还是一动不动。她英勇地站着，头盔的面甲遮住了她的脸。

驾驶舱里安静了下来，真是太强大了。不过在我发呆的同时，战斗机又发射了一次，芭斯蒂的妈妈也再度跳到光束之前接挡下来。

“她……就站在龙飞的上方。”我看着透明的玻璃说。

“没错。”芭斯蒂说。

“我们的速度应该有每小时好几百英里吧。”

“差不多。”

“她挡住了从喷气式战斗机射出的雷射光。”

“对。”

“而且就凭手上的那把水晶剑。”

“她是一位令人崇拜的水晶骑士啊！”芭斯蒂的妈妈在几秒钟之前从龙飞的前端跑向尾部，在我们上方阻止了一道冰冻光束。

卡兹摇头。“那些水晶人啊，可是觉得什么都很好玩呢。”他露出满口大牙大笑道。

时至今日，我还是看不出卡兹到底是真的不怕死，或者他个性本来就有点呆萌。无论如何，他都像个疯子。不过话又说回来，他是俺们史麦卓家的人，而史麦卓家也成了“精神错乱的疯子”的代名词了。

我看看芭斯蒂。她正观察着她妈妈的一举一动，脸上露出渴望而又惭愧的表情。

他们期望她能做到这种事，我心想。而他们认为她不

符合标准，所以才剥夺她的骑士身份。

“嗯，麻烦来啦!” 莉雅说。她张开眼睛，一只手放到发亮的控制台上，整个人看起来很疲惫。前方的战斗机正准备让玻璃重新充满能量，同时又射出一枚飞弹。

“抓住了!” 芭斯蒂边说边死死抱住一张椅子。我跟着做，拼命抓紧。结果莉雅扭转飞行器躲避时，我再次被甩飞出去。卓尔琳挡下了冰霜镜片发射的光线，不过这次差点就失败了。因为那枚飞弹擦着龙飞了过去。

我们不能一直这样下去，我心想。莉雅看起来快撑不住了，而芭斯蒂的妈妈最后也一定会累倒。

我们的麻烦大了。

我站稳脚步，揉揉手臂，眨着眼想删除飞弹爆炸留在我脑海里的景象。战斗机从我们身旁掠过时，我的胃一阵绞痛。我突然有一种直觉——附近有位眼镜侠在使用镜片，跟之前在飞机跑道上那次一样；但这种感应不太一样，里头混杂了某种邪恶的腐蚀功能。

机场那个黑影应该就在对面的战斗机里。他一上来就击毁了我手中的镜片，现在又驾着一架战斗机，对我发射我无法破坏的飞弹。他似乎知道怎么同时运用自由国度跟哈嘘国的科技。

这样的组合似乎非常非常神秘，又有杀伤力。

“我们这儿难道没有任何武器吗?” 我问。

芭斯蒂耸了耸肩。“我有一把短剑。”

“就这样?”

“我们有一件宝贝啊——那就是堂弟你啊。” 莉雅说，

“你是位眼镜侠，有史麦卓家最纯正的血统。你可是我们的终极武器呢。”

那还真是太好了，我心想。我抬头望向芭斯蒂的妈妈。她正站在龙的鼻子上。“她怎么能像那样站着？”

“紧爪玻璃，”芭斯蒂说，“它能黏在其他玻璃上。她的靴子下面装了这种薄片。”

“还有备用的吗？”

芭斯蒂想了一会儿，直接冲向驾驶舱的另一侧，在一个玻璃箱子里翻找起来。没多久，她举起一双靴子。

“这双应该有同样的功能。”她将鞋子扔给我。只是，这双鞋看起来比我的脚大多了。

莉雅尽力躲避另一枚飞弹，龙飞跟着又是一阵侧向翻滚。那架战斗机怎么有这么多飞弹，似乎超出正常战斗机的装备。尽管龙飞在剧烈摇晃，我还是靠在墙上，坚持穿第一只靴子，绑紧鞋带。

“你要干什么？”芭斯蒂问，“你该不会是想上去和F－16拼命吧？”

当我穿上另一只靴子时，心脏已经加速。

“你到底想干什么，史亚克？”芭斯蒂低声问，“我母亲可是顶级水晶骑士，还用得着你帮忙？”

我犹豫了一下。芭斯蒂也自觉说的话太过，她有些脸红，其实她平常很少会为自己的言行自责。话又说回来，她说的其实也没出错。

我到底在想什么？

卡兹挣扎到我们身旁叫道：“情况不妙，芭斯蒂。”

“哦，你也发现了吗?”她厉声说。

“别这么容易生气嘛，”他说，“我是很喜欢旅行，不过我跟驾驶座上的那位史麦卓都很讨厌一趟糟糕的旅行。总之，我们需有个全身撤退的计划才行。”

芭斯蒂安静了片刻。“你能用天赋传送多少个人?”

“在这样的半空中?”他问，“没有一点儿躲避的地方，老实说，我不知道，我恐怕没办法带走所有人。”

“带史麦卓走吧，”芭斯蒂说，“现在就走。”

我的胃纠结起来。“不。”我边说边站起来，双脚立即固定在驾驶舱的水晶地板上。但是我试着往前走一步时，脚却很轻松地抬了起来。当我把脚放下，鞋子又粘住了。

厉害，我这么想，然后试着不去思考我接下来要做的事。

“栗子啊，孩子!”卡兹咒骂了一声。“或许你不是家庭里最聪明的，但我可不想看到你被对手秒杀啊。我欠你父亲太多了。快跟我走吧，我们先迷路，接着再回纳哈拉去。”

“然后把其他人留下来等死?”

“我们会没事的。”芭斯蒂回答得很快，太快了。

重点是，我迟疑了。虽然这么说似乎不太英勇，可是我内心其实是很想跟卡兹走的。我的双手直冒虚汗，心脏也扑通扑通一阵狂跳。飞行器为了躲避另一发差点击中我们的飞弹，又翻了一个筋斗。我好似能看到驾驶舱右侧出现的蜘蛛网般的裂痕。

我可以离开，逃跑。这里没人会怪我的。我真的很想很想这么做。

但是我没有。也许这看起来很勇敢，不过我向你们保证，我心里其实是个胆小鬼。我会另外找时间证明这一点。现在，你们只要知道一件事就好，让我留下来的并不是勇气，而是自尊。

我是个眼镜侠，莉雅也说过我是大家最重要的武器，因此我决定看看自己能做些什么。“我要上去，”我说，“怎么过去?”

“从天花板上的舱口，”芭斯蒂终于开口了。“舱口就在你从绳梯进来的那个房间里。走吧，我带你过去。”

她正要走，卡兹突然抓住了她的手臂。“芭斯蒂，你真的要让他去冒险?”

她耸了耸肩。“他自己想去吃飞弹，关我什么屁事?这只表示我们担心要救的人可以少一点。”

我脸色苍白地笑着。我跟芭斯蒂够熟，听得出她心里的关切——她实际上还是很关心我的；或者，她也有可能是在使用激将法，在她身上很难看出这两者的差别。

她开始往走廊跑去，我跟在后面，渐渐适应了脚上那双靴子。它们一接近水晶就会死死粘住，使我站得很稳，也让我在接下来另一次机身剧烈晃动时没再被甩出去撞墙。穿上靴子后，我的移动速度比平常慢了那么一点点，不过这很值得。

我跟着芭斯蒂到了那个房间，她一进去就转动一根控制杆，打开天花板上的舱门。

“你为什么肯让我这么做?”我问。“我试着害死自己时，你通常都会抱怨的。”

“是的，没错，呃，至少这次不会是我有麻烦。我母亲才是负责保护你的人。”

我露出惊讶的表情。

“另外，”她说，“说不定你傻人傻福，忙乱中能想出点狗屎招数，谁知道呢?”

我笑了，心里不知怎么的多了点自信。我抬头往上看。“我该怎么上去呢?”

“你的脚踩在垂直的墙壁上如履平地啊，笨蛋。”

“哦。”我说。我深吸一口气，踩上侧面的墙。这比我想的还要简单——沙里麦技术人员说，紧爪玻璃不仅能固定脚，还能支撑整个身体。总之，我发现要从墙壁往上走出龙飞确实很容易（只是会有点搞不清楚方向）。

我们来谈谈空气吧。你们知道吗，空气真是个好东西。它可以让我们的嘴里发出很酷的声音，能让一个人闻到另一个人身上的味道，而且如果少了它，就没人能玩空气吉他了。哦，对了，它还能做一件事：让我们呼吸，让地球上所有生物活着。空气，真是样好东西啊。

不过在平常，你们通常不会想到空气，除非（A）空气不足，或者（B）空气太多了。在第二种状况中，又有一种情形令人特别难受，那就是被一大堆时速约达三百英里的空气打在脸上。

强风不断迎面袭来，让我向后倒去，而我脚下紧爪玻璃让我得以站直身体。即使如此，我整个人还是呈现向后躺倒的状态，就像音乐影片里抵抗地心力的舞蹈演员。如果我不是一直害怕自己会丢掉小命，应该会觉得这样很酷吧。

芭斯蒂一定看出了我的处境，因为她立刻冲向驾驶舱去。我到现在仍然不清楚她是如何说服莉雅减速的，毕竟在当时危急的情况，减速可是件非常愚蠢的举动。反正，我感觉风已经减弱到自己可能勉强撑住的程度，于是我开始踩出咚咚的脚步声，走往飞行器头部找那位神勇的水晶骑士卓尔琳。

我两旁的那些大翅膀扇动着，有如蛇一般的龙身也随着摇摆。尽管如此，我的脚下还是很稳。我迎着星星、月亮大胆迈步，云层在我们下方反射出天体的光芒。我到达飞行器前端附近时，卓尔琳又挡下了一次冰霜镜片的攻击。我继续靠近，她突然转过身来。

“史亚克阁下?”强风和头盔降低了她的声音。“以最高级的沙之名啊，你到这里添什么乱?”

“我是来帮忙的!”我迎着呼啸的劲风大喊。

她似乎吓呆了——战斗机在夜空中掠过，准备转向做另一次攻击。

“回去!”她边说边挥动着穿着盔甲的手臂。

“我是眼镜侠，”我指着我的镜片说，“我能阻止冰霜镜片的攻击。”

这是真的，眼镜侠能够用眼镜侠镜片抵消敌人的攻击。我看过爷爷用这招对付布莱本。虽然我没有亲自试过，但我猜应该不会太难。

当然，我的想法完全错了，即使再强的高手有时也是会失手的。

卓尔琳咒骂了一声，随即跑过龙的背部去抵挡敌人发起的另一波攻击。飞行器剧烈摇晃，害我差点把肠子吐出来，而且我突然觉得自己站在这样的高空实在有些头晕目眩了。我蹲下来，抱住胃部，等待方向感重新恢复。我恢复时，卓尔琳正站在我身边。

“回下面去！”她大喊，“你在这里只会添乱！”

“我——”

“笨蛋！”她大喊，“你会害死我们大家的！”

我沉默下来，任由风吹散我的头发。受到她这样的保护，我大吃了一惊，不过这大概也是我自找的吧。接着我便转了个身，呼呼呼地朝舱门走去，心里觉得很有些狼狈。

位于我们侧面的战斗机又射出一枚飞弹，它的冰霜片也在此时发出光束。

龙飞已根本来不及同时避开两种攻击。

我转身望向驾驶舱，看见莉雅瘫在座位上，似乎陷入恍惚状态。芭斯蒂正试着抽她耳光让她清醒一样（芭斯蒂特别擅长干这种事），而卡兹去忙着操控飞行器躲避。

我们突然歪斜，但却是迎着飞弹和那束强光的方向。卓尔琳惊叫了一声，勉强在绊倒脚之前用剑削过那道冰冷的光束。她是挡下了光束，不过飞弹却继续朝我们飞来。

应该说朝我这里来。

我跟各位谈过，我的天赋和我之间有时都不太靠谱。

我们都无法完全控制对方。我通常可以弄坏自己真正想弄坏的东西，但弄坏的方式很少完全像我所想象的那样。还有，我的天赋常常弄坏我不想破坏的东西。

在超出我控制的情况下，天赋却能发挥出更强大的威力。我看着飞弹冲过来，它尾端烟雾的轨迹连接到后方的战斗机上。

我觉得自己这次死定了，我举起一只手，释放出天赋的力量。

飞弹毁了，玻璃破片喷散开来，在夜空中一边闪烁一边旋转。接着，那些破片在我周围全都爆炸了，变成粉尘被风吹散，只差几英尺就喷到我身上了，真是太惊险了。

飞弹所发出的烟雾还继续向前冲，轻轻飞过我的手指。就在这时，整条烟雾颤抖起来。我大叫一声，然后一股强大的力量就从我的胸口爆发出来，就像高压水柱喷出消防水管那样，以更快的速度顺着烟雾轨迹朝战斗机的方向冲去。

这股力量击中了战斗机。一瞬间，一切都回归平静。

接着，战斗机……解体了。它没有像电影里演的那样爆炸成一团菊花似的焰火，而像是自动解体的玩具，所有部位都分解开来——螺丝掉了，铁片弹开，机翼与座舱的玻璃分家了。几秒钟的时间，整架飞机就彻底瓦解成漫天飞舞的零件。

这一大片零乱的器械掠过云层，朝下面飘去。在那堆金属之中，我瞥见一张愤怒的面孔。这位战斗机驾驶员正在破片中扭动着身体。在那极不真实而令人觉得诡异的一瞬间，我们对视了一眼。我发现他眼里充满了让我不寒而栗的憎恨。

那是一张不完全属于人类的脸，虽然有一半是正常的，但另一半却混合了螺丝、弹簧、螺帽跟螺栓——跟他四周往下掉的那些零件其实差不多。他其中一只眼睛是我所见过最深沉、最黑暗的玻璃。

他消失在黑夜之中。

我突然喘息起来，觉得身体虚弱极了。芭斯蒂的妈妈蹲下来，一只手靠在地上稳住自己，往我这里看，可是我看不出她的面部表情。

这时我才注意到龙飞的顶部满是裂痕，从我脚下扩散开来，呈螺旋状，看起来像是对手打在我身上的攻击力被转移到了龙飞的身上。真是绝望透顶，裂痕已差不多布满巨型飞船全身了。

我的天赋不来则已，一旦爆发出来，定能克敌制胜，同时也会让自己陷入新的绝境。糟糕，龙飞的另一扇翅膀也脱落下来，化为一阵水晶雨洒向下面的云层，飞船倾斜了，翻滚着缓慢地往下坠落。

我救了它……也毁了它。

我们开始垂直下坠。

第5章

Chapter Five

如果哪天你们也跟我一样站在一架往大海里作垂直俯冲的飞船或飞机上，我建议你们应该考虑做一些事情。不过我要提醒各位，那些事情之中并不包括大谈古典哲学。那种事就交给我这样的天才吧。

我要你们想象一艘船。不，不是像我身边那艘正在瓦解、快要摔成粉身碎骨的龙状飞船。专心一点。既然这本书是用第一人称来写的，就表示我在那场空难中绝对平安无事了。

我要你们想象一艘普通的木头船，可以在海上航行的那种。这艘船的主人叫做忒修斯，他是个希腊国王，也是作家普鲁塔克作品里的超级大英雄。

普鲁塔克是位无聊的古希腊历史学家，在我看来，他是以愚蠢而闻名。他对已过世的人很着迷，而且非常啰唆。（他的著作超过了八十万字。奇幻作家作品碎碎念荣誉学会——也就是俗称的幻太碎，考虑吸纳他为荣誉会员呢。）

普鲁塔克写过一个很著名的寓言《忒修斯的船》。伟大的国王忒修斯过世之后，人们为了纪念他，决定保存好他的船，一代代传下去。

可是船会变旧，而船的木板总有一天会腐烂，所以人们就将腐烂的木板换成新的。一段时间后，其他旧的部位也坏了，于是人们照样将坏掉的地方置换掉。

经过许多年，最后这艘船的所有构架与零件全部都更换过了。普鲁塔克借此提出了一个让所有哲学家纳闷的问题——这还算是忒修斯的船吗？大家依旧将这一堆新零件组成的船称为忒修斯的船，也都认定它就是忒修斯的船。其实，船上一切物件都不是忒修斯当时所接触使用过的东西了。

这还是同一艘船吗？

我认为不是。那艘船已经消失、淹没、腐烂殆尽。而后来大家认定的那艘忒修斯船，其实只是一个……复制品。它外表看起来也许跟原来的一模一样，但外表可是会蒙骗人的。

这跟我的故事有什么关联呢？告诉你，非常重要呢。你们要知道，我就是那艘船。别担心，我最后会向你们解释清楚的。

龙飞坠入云层，我身边的白色云团形成一道猛烈而混乱的漩涡。接着，我们穿过云层，下面有一大片黑色的东西。

是大海。我又有了跟之前一样的想法，那就是我们全都死定了。而且这次是我的错。

这种想法真滑稽。

龙飞剧烈翻转，转得我晕头转向。漫天星光在螺旋着离我们远去。我转身望向驾驶舱，只见卡兹一只手放在控制台上，全神贯注，额头上布满了汗珠，尽力想把飞船拉起来。

有东西裂开了，我低下头才发现自己就站在水晶碎裂的中心点上。

哦哦……

我脚下的水晶破了，幸好这时飞船一个扭转，把我甩进了龙的身体里。我摔在水晶地板上，冷静地将这双脚踩到墙壁上，紧紧固定住了，才没有在后面的翻滚中被甩飞起来。

卡兹真是厉害，他让剩下的四只翅膀疯狂地摆动，减缓了飞船下坠的速度。我们已经不再垂直往下掉落，而是以盘旋的方式缓缓下降。

我慢慢站起来，借着脚下的紧爪玻璃稳稳走回驾驶舱。我一边走，一边摘下眼镜放回口袋，幸好没在慌乱中把眼镜弄丢了。

进入驾驶舱后，我发现芭斯蒂挤在看起来全身无力的莉雅身边。她的头部正在流血，我后来才知道她是在飞船开始下坠时被甩到了墙上。

我完全清楚那是什么感觉。

芭斯蒂勉强用某种安全带束住了可怜的莉雅。卡兹仍然手忙脚乱地在操作台上按着各种颜色的按钮，希望把飞船留在空中。“可恶啊，”他咬着牙说，“你们长得高的人为什么一下要飞这么高?”

我看到前方有陆地的轮廓，心里涌现出一线希望。这时，龙的后半部突然脱落，带走了两只翅膀。我们又开始剧烈摇晃旋转，我旁边的墙也因压力过大而解体，直接飞得不知去向了。

莉雅的尖叫声，卡兹咒骂声都被呼呼的风吹散了。我的双脚还是定在一边墙上，人却像悬挂在墙上的包裹的东西，被吹得往机头方向仰倒过去。

芭斯蒂也差点被墙上的大洞吸了出去。

现在，让我再提醒你们一次，我并不是英雄。不过，有时候我确实能够急中生智。我一看见芭斯蒂从我身边飞过，就知道自己绝对够不着她张开的求救的手。

我无法抓住她，但是我可以狠踢她。我也真的这么做了。我在她经过我身边时，朝她身体侧面猛踹了一脚，看起来像要把她踢出飞船。幸好，她黏在我的鞋子上了——这是因为她身上穿着一件玻璃外套，如果你们还记得的话。

芭斯蒂掉到了龙飞外面，她的外套紧紧黏住我脚底的紧爪玻璃。她吓得闭紧着双眼，但还是立即转身死死抓住我的脚踝，就像掉在河里的小狗抓住了救命稻草一样。当然，这股力量在拼命把我往她的方向拉，不过幸运的是我另一只脚依然固定在水晶地板上——我一只脚给芭斯蒂拉住，另一只黏在飞行器墙上，把我拉成了劈叉的姿势，有些部位真是超级不爽。

我痛得大叫出来，这时，卡兹正尽力让剩下的半截飞船冲向海滩。飞船一头栽进沙子里，巨大的冲击力震碎了不少水晶，机身残骸在沙坑里散了一地。

坠毁后几分钟，我眨着眼清醒过来，发现自己躺在地上，盯着天花板上的破洞看，云层之间的一块开口还透着一闪一闪的星光。

“呃……”一个声音传来，“大家都还好吗?”

我翻了个身，抹掉脸上的水晶碎片。但令人惊讶的是，这些碎片竟然都没有尖锐的棱角，所以我毫发未伤。

刚才问话的声音好似来自莉雅，一会儿，看到她坐了起来，手压着头上仍在流血的伤口。她看看四周，似乎还是很晕眩。龙飞的半截身体就埋在我们身边的沙坑里。看起来就像某种灭绝了很久的神兽尸体。它的眼睛碎掉了，而我正坐在它的肚子里。一只翅膀在离我不远处竖起来，尖端插向天空。

我身旁的芭斯蒂也发出一声呻吟。她的外套上布满了蜘蛛网般的线条。这件衣服替她承受了坠毁时的巨大撞击力。可惜的是，我的脚上并没有这种水晶，所以被拉得差点断去，痛得我直咬牙。

海滩的另一面的树林里传来一阵沙沙声，卡兹那南瓜似的头突然就从森林中钻出来了，从他走路的姿势看，他身上没伤。

“哟!”他环视着海滩。“刚才那游戏实在太刺激啦。有人死了吗?死人请举手。”

“如果是觉得自己快要死掉呢?”芭斯蒂边脱下玻璃外套边问。

“那就举一只脚吧。”卡兹走向我们。

我才不告诉你们她是不是真的举了脚没有。

“等等，”我摇摇晃晃地站起来。“你被甩到那么远的地方去，怎么却一点事也没有?”

“我可不是被甩出去的啊，”卡兹笑着说，“我在飞船坠毁之前迷路了，刚才找到路回来。我很遗憾错过了撞击，不过那看起来好像也很好玩呢。”

这就是史麦卓家人的通病。我摇着头，小心翼翼地检查内衣口袋，确认镜片没破。幸好，口袋里的衬垫又一次保护了眼镜。可是，我突然想起一件事。“芭斯蒂，你妈妈嘞!”

这时，有一片玻璃板被掀了起来，发出一阵咔擦声，卓尔琳站了起来，我听见她头盔里发出细微的呻吟。她一只手里依然握着那把威力无比的水晶长剑。然后举起剑，插回绑在背后的剑鞘，取下头盔。沾了汗珠的银色头发从她脸颊两侧垂下来。她转过身去检查飞船的残骸。

在这样的撞击之下，她竟然毫发无损，让我们都惊呆了。当然，我早就该知道她身上穿的盔甲是沙里麦科技的杰作，缓冲效果应该比芭斯蒂的外套更高级。

“我们现在哪里?”芭斯蒂边问边走过一地的玻璃碎片。脱掉外套之后，她把身上的黑色 T 恤塞进迷彩裤里。

这个问题也正是我想问的。那片树林看起来有点像丛林，海浪轻轻地在星光下轻抚着海滩，把一些水晶碎片带回了海里。

“我猜是埃及吧。”莉雅说。她用绷带压着头，但身上其他部位应该没什么事。“我是说，这不就是我们要来的地方吗？我们坠毁的时候，就已经快到埃及了哦。”

“不，”卓尔琳抬头挺胸走向我们。“在你失去意识时，可是由卡兹阁下驾驶的飞行器呢，也就是指……”

卡兹说：“也就是说——我们迷路啦。”

“我们没迷失得那么远，”芭斯蒂说，“那不就是世界尖塔吗？”

她指向大海的方向。我顺着望过去，隐约看见遥远的海上似乎有一座塔。从我们这么远的距离外都看得到，可见那座塔一定很巨大。

我后来才知道，用“巨大”这两个字来形容那座塔实在是太小儿科了。根据自由人的说法，世界尖塔位于这个世界的正中心；它就像个超大的钉子，从大气层一路延伸到这个星球的中心点——当然啦，那个地方的一切不都是玻璃做的吗？

“你说的没错，”卓尔琳说，“这表示我们大概在卡尔马利安野地附近的某处，已经飞出哈嘘国界了。”

“嗯，那应该不会有什么问题。”卡兹说。

“你觉得你能带我们去纳哈拉吗，阁下？”卓尔琳问。

“大概吧。”

我转过身。“那亚历山大图书馆怎么办？”

“你还是要去那里？”卓尔琳问。

“当然。”

“我不知道是不——”

“卓尔琳，”我说，“别逼我再罚你做单脚跳了。”

她立刻安静下来。

“我赞成史亚克的意见。”卡兹边说边走到碎玻璃堆中捡东西。“要是我父亲在亚历山大，那么他无疑是遇到了麻烦。要是他有麻烦，就表示我会错过有刺激的挑战。现在呢，让我们先看看能不能抢救些什么……”

我看着他开始动作，卓尔琳很快也加入，帮他在残骸中捡些有用的物品。芭斯蒂走到我身边。

“谢了，”她说，“你救了我，没让我被破洞吃掉。”

“不客气。如果你随时想被踢，我都非常乐意。”

她轻哼了一声。“你还真是个好朋友啊。”

我笑了。坠毁的威力这么猛，大家竟然都没有受重伤，这真是太不寻常了。事实上，你们或许会很讨厌这样的结果吧。如果有人因此而死，这个故事会更紧张刺激的。有人先死掉，就能使读者觉得心里更紧绷，也会让人明白这些事件到底有多危险。

不过，你们千万别忘了，这本书的内容并非虚构的小说，而是真实的故事。我总不能因为我的朋友都很自私，不肯做出一般小说所描写的举动、害死他们自己，就故意扭曲了事实。

我后来跟他们谈过这种状况。如果能让你们觉得更重口味些，那么我就预先爆个料吧——芭斯蒂在这本书的最后死掉了哦。

噢，你们不想听到这件事吗？我很抱歉。你们就别说是我说的好了。有很多种方法能帮助人忘记事情，我听说拿木槌敲自己的头非常有效。还有一种疗效很慢的方法：买一套布兰登·桑德森写的砖头级奇幻小说来试试看。他的那些书又厚重，故事又曲折。而这也是他们成为健忘特效药的秘密所在。

芭斯蒂（她完全不知道自己刚才被我诅咒了）看着那半截没被埋进沙中的龙头。它破掉的眼珠盯着丛林，咽喉有些微张，牙齿也粉碎了。“神勇的龙飞落到这种惨烈的下场，真是令人难过。”她说，“好可惜那一堆威力强大的水晶哦。”

“有没有什么方法……能修好它？”

她耸了耸肩。“沙里麦发动机都不知掉哪儿了，所以那堆水晶就成了垃圾。我猜假如弄出个新发动机来，它或许还是能屁颠屁颠地动起来。不过，从整艘飞船碎裂的程度来看，将它熔化重新打造更靠谱吧。”

其他人背着装满了食物和补给品的背包走过来。卡兹高兴地大叫一声，然后挖出了一顶圆顶礼帽，抖抖沙尘，直接戴在头上。这顶帽子搭配的是他外套下的背心。这就简直就成了古怪的老牛仔，因为他的外套跟长裤都是非常厚重耐磨的帆布材质。他走向我们，整个人看起来像是印第安土著人跟美国牛仔的混合体。

“大家都准备好了吗？”他问。

“快好了。”我终于脱下装有紧爪玻璃的靴子。“有办法关掉这种东西的能量吗？”我举起靴子盯着鞋底，上头死死地黏着一层水晶碎片，当然也有很多沙子。

“对大多数人而言是没办法的。”卓尔琳边说边坐在一块残骸上，脱掉她的装甲靴。她取出几片形状很怪的玻璃。“我们只要用这种玻璃板盖住鞋底，就不会粘到其他东西了。”

我点点头。那些玻璃板构成了鞋底与鞋跟，应该会让靴子穿起来跟普通的鞋子一样吧。

“不过，你是一位眼镜侠。”她说。

“这有什么关系?”

“眼镜侠可不是普通人，史亚克。”莉雅笑着说。她头上的血止住了，伤口已经贴好了粉红色的绷带。我不知道她是从哪里找到急救包的。

“没错，阁下。”卓尔琳说，“你能使用镜片，也能对我们称为‘科技’的沙里麦玻璃发挥一些作用的。”

“你是指像发动机一样?”我一边问一边戴上眼镜侠镜片。

卓尔琳点头：“试试看以关镜片的方式去关闭靴子的能量。”

我照她的话做，伸手触摸靴子。那些沙子跟玻璃碎片全都掉下来了，靴子的能量也没了，这真是出乎我的意料。

“那些靴子充足了沙里麦的电能。”莉雅向我解释。“有点像你在哈嘘国所用的电池。靴子里的电迟早会用完，但在那之前，眼镜侠能够任意地开启或关闭它们的能量。”

“真是我们这个时代最神奇的发明。”卓尔琳换上了自己的鞋子。从她说话的方式看来，她似乎不在意这些物品的原理，只要它们能发挥效用就好。

至于我，可是比她好奇多了。我听过许多关于自由国度科技的事。而这让我明白了神奇力量跟科技的差别。神奇力量是只有某些怪咖才能使出的魔力，而科技（通常也称为沙里麦）则是人人都能用的。莉雅可以驾驶龙飞，但卡兹也行。这真是科技。

不过，从我刚刚听到的那些话里，我发现他们的科技跟眼镜侠的力量好像有关系。话又说回来，刚刚的对话也让我想起一件事。虽然我不清楚我们是不是在亚历山大附近，但我似乎该再次试着联络一下爷爷了。

我换上通话镜片，集中精神，可是什么也没发生。我想爷爷或许随时会联络我，所以就直接戴着眼镜，然后将装了紧爪玻璃的靴子塞进一个背包。我将背包甩到肩上，芭斯蒂却抢了过去。我瞪了她一眼。

“抱歉，”她说，“这是我母亲的命令。”

“你无须带任何背包行李，史亚克阁下。”卓尔琳拿起另一个背包，“让随从芭斯蒂来就行了。”

“我可以背我自己的背包，卓尔琳。”我怒气冲冲地说。

“哦?”她说，“假使有人袭击我们，你是不是应该要随时做好准备，保持动作敏捷。这样才能用镜片保护我们。”她转身背向我。“随从芭斯蒂能胜任的，就让她来吧。这样能使她觉得自己在尽职，也有成就感。”

芭斯蒂的脸又一次涨得通红。我正想张嘴反驳，但芭斯蒂瞪了我一眼，让我把话吞了回去。

好吧，我心想。我们全都看着卡兹，他已经准备好了。

“那么，出发喔！”他话说完，便走过沙滩朝丛林深处走去。

第6章

Chapter Six

大人不是你想象中的那种笨蛋。

不过在类似我这本书的作品中，作者往往会给读者相反的印象。那些故事里的大人只会出现如下三种情况：A. 像呆驴一样被俘虏；B. 在麻烦发生时逃得无影无踪；C. 摆出一副冷漠的脸孔，拒绝提供任何帮助。

（我不清楚作家对一些大人有什么仇，不过很多小孩似乎都像讨厌疯狗一样讨厌他们。要不然作家怎么会把他们描绘成这种形象了？“啊，看了，邪恶的魔王来攻击城堡了！刚——好，我的午餐时间到了。孩子啊，祝你们拯救世界愉快啰！”）

而在现实世界里，不管你们愿不愿意，大人们总喜欢介入每件事。即使邪恶魔王出现，他们也不会逃跑，不过他们说不定会想起诉作者。这种差异更加证明了大部分的儿童书都是幻想作品，只有我这本书才是最真实、最珍贵的。在这本书里，我会非常明白地告诉你们了——大人不是笨蛋。

但是他们真的跟小孩子的思维方式不一样，有点烦人。

他们就像喜欢对别人指手画脚的小孩，很讨厌的。尽管在其他书中，大人可能被描写得一无是处，但他们其实还是有点用的。比如说，他们可以拿到放在高架子上的东西。（不过，卡兹认为这种高架子并不是必要的东西。他的观点是出自“矮个子优异定律第六十三条”，这点我一会儿再解释。）

无论如何，我总是希望大人跟小孩能够找出好好相处的方式，譬如签合约之类的。但最大的问题是，大人有一招全世界最厉害的魔法——只要给他们足够的时间，他们可以让任何小孩变成大人。

我们走进了沙滩一边的丛林。

“大家记得要待在另一个人的视野之内，”卡兹说，“不然，我不知道脱队的人会被留在哪个地方哦！”

话说完后，他就拿出了一把大砍刀在矮树丛中开路。我悄悄回头望一眼海滩上那半截透明的飞龙，与它道别。它破碎的身体正逐渐被海风吹起的沙子掩埋。它的一只翅膀还举在半空中，仿佛是对死亡的抗争，或许是跟我们道别……

“你是我见过最真实的龙了，”我轻声说，“安息吧。”没错，这些话是煽情了点，但我的感觉就是如此。接着，我赶紧跟上其他人，注意盯着走在队伍后面的卓尔琳。

丛林越走越深，头上的枝叶几乎将下方遮蔽成一片漆黑。卓尔琳从她背包里取出一个看起来很老式的灯笼，只用一根手指敲了几下，灯笼便开始发亮，完全不用火柴点燃。不过，就算有这股光线，在半夜穿越密林还是令人觉得有些毛骨悚然。

为了让自己放松点，我走到芭斯蒂的身边，可是她并不想聊天。于是我沿着纵队一直往前赶，到了卡兹的后面。我认为他跟我一开始对彼此都有点误会，所以我很希望有机会时多沟通一下来弥补。

记得我第一本自传内容的人，应该知道这对我而言是很大的改变。在我的经验里，我被一个接一个的家庭给遗弃。但这不能怪他们，谁让我是个不安分的“小捣蛋”了。有则谚语将“破坏王”比喻成在瓷器店里横冲直撞的公牛。但跟我比较起来，那头公牛简直太小儿科了。(老实说，我根本不知道那公牛怎么进得了瓷器店的门，那个比喻太让人难以理解了。)

总之，我慢慢养成了一种习惯——我只要一跟谁混熟，就会立刻故意与对方疏远，在他们遗弃我之前先遗弃他们。我不太清楚自己在做什么，但我知道自己已经开始改变了，这种改变会让心里好受些，不信你也可以试试。

卡兹是我的叔叔，我爸爸的弟弟。对一个长久以为自己没有任何亲戚的小孩来说，给大人留下一个很笨的印象确实是一件相当头大的事。我真的很想证明给他看，让他知道我是个有智慧的人。

正在劈斩树枝的卡兹叔叔看了我一眼。他只砍掉四英尺以下的树枝，跟他身高差不多吧，所以我们其他人脸上还是会撞到很多树枝。“什么事?”他问。

“我想为先前叫你侏儒的事情道歉!”

他耸了耸肩。

“那是因为……”我说，“呃，我本来以为自由国度里有这么多神奇的科技或药物，能治愈发育不完全这种传统疾病，但没想到竟然没有。”

“他们也没办法治愈愚蠢，”他说，“所以我猜他们也帮不上你的忙。”

我脸立刻涨得绯红。“我……不是这个意思……”

卡兹叔叔咯咯笑了起来，一边砍掉前方的蕨叶。“听着，没关系啦，我早就习惯了。我只是想让你知道，我并不需要接受治疗。”

“可是……”我试着以不会冒犯他的口气来描述自己的想法，“长得像你这么矮，不算是遗传性疾病吗?”

“遗传，是啊。”卡兹说，“但是，跟别人不一样就叫做疾病吗? 你是个眼镜侠，这也是遗传来的，你想接受治疗吗?”

“那不一样。”我说。

“是吗?”

我思考了片刻。“我不知道，”我说，“可是你不会因为长得矮而苦恼吗?”

“你不会因为长得高而苦恼吗?”

“我……这个问题很难回答。进入青春期的我身高只接近五英尺，其实并不高。不过跟你比较起来，我算是很高的了。”

“就我个人而言，”卡兹说，“我认为你们高个子太丑陋了。假如你们都长得矮一点，这个世界就会更美好啦。”

那一刻，我真是惊呆了。

“你看起来不太相信哦，”卡兹笑着说，“看来我该向你介绍一下统计表了！”

“统计表?”

我听见莉雅在后面叹了口气。“别鼓励他啊，卡兹。”

“你别吵！”卡兹瞪了莉雅一眼。

她则扮了个鬼脸。“列表里收集了许多能证明矮个子比高个子还棒的事实，而这些事实经得起时间考验，已经科学研究证实过哦。”

他看着我。“没听说过?”

我点点头。

“反应太慢，”他说，“这是高个子的通病。‘矮个子优异定律’第四十七条：高个子的头处于比较稀薄的空气中，因此吸收的氧气比矮个子少得多。所以他们的脑袋反应会慢很多。”

他话一说完，我们正好也走到了森林的边缘，外面是一处空地。我停在原处，看着莉雅。

“我们不确定他到底是不是认真的，”她低声说，“不过他确实有那份统计表哦。”

芭斯蒂因为我们停下来太久而瞪了我一眼。于是我赶紧跟着卡兹走到空地上。我惊奇地发现前方的丛林只剩下一小片，而那片丛林后方竟然是……

“巴黎?”我吃惊地问。“那不是埃菲尔铁塔嘛！”

“哎呀，是这样吗?”卡兹一边问，一边在笔记本上用潦草的字迹写了些东西。“太棒啦！我们又回到哈嘘国了。我还以为我们迷失了多远呢。”

“可是……”我说，“我们已经到了另一块大陆上啊！我们是怎么渡过地中海的呢？”

“我们迷路了嘛，孩子。”卡兹仿佛觉得这样就能说明一切了。“总之，我会带大家到达目的地啦。要相信矮个子的智慧！‘矮个子优异定律’第二十八条：矮个子的定位功能比较强，也比较擅长于跟踪搜索，因为他们离地面比较近。”

我再次被惊得目瞪口呆地站在那儿。“但是……巴黎附近没有丛林啊！”

“他迷路了，”芭斯蒂走到我身边，“而且是用非常奇怪的方式迷路。”

“真是我见过最奇怪的天赋，”我说，“绝对够奇怪。”

她耸耸肩。“不也让你弄坏了一只小鸡？”

“说的也是。”

卡兹带领我们走回树林，继续砍出半个人高的路。“所以你的天赋能带你到任何地方去啰！”我对他说。

他耸了耸肩。“不然你以为我在龙飞上干嘛？万一出了差错，我就会带你跟你爷爷离开哈嘘国。”

“这样的话，为什么要派那艘飞行器来？你自己来接我们不就好了！”

他哼了一声。“我得知道自己要找什么才行啊，小亚。我一定要有目的地。为了用镜片跟你联络，所以莉雅必须来。而我们两个都觉得应该带位水晶骑士来保护大家。再说，我的天赋有时候会做些……出乎意料的事。”

“我想所有的天赋都是这样吧。”我说。

他咯咯笑着。“对啊，就是这样。你最好祈祷自己不会看到莉雅早上刚起床时的样子哦。总之，我们认为，与其冒险运用我的天赋来接你，让大家迷路好几个星期，还不如直接乘坐飞行器来。”

“那么……等一下。”我说，“你的意思是指我们可能会像这样在丛林中走上好几个星期?”

“或许吧。”卡兹拨开面前的蕨叶，向外探头，我站在他旁边跟着看。我们前方是一大片沙漠，他若有所思地摸着下巴。

“胡桃果啊，”他骂了一声。“我们有点迷路了。”他放开蕨叶，往回走，我们所有人也继续跟在他后面。

好几个星期了，爷爷可能会遇上麻烦的。事实上，根据我对爷爷的了解，他极可能已经遇上麻烦了。但是现在的我没办法赶过去，因为大家一直在丛林里游荡，偶尔走到空地才会看见……

“道奇球场?”我问。“我确定那附近根本没有丛林啊!”

“一定是在那些高处的后面吧。”卡兹边说边转身，带着我们往另一个方向走。天色渐渐放亮，很快就要破晓了。我们重新启程时，卓尔琳大步走到我身边。“史亚克阁下？我能跟你私下谈谈吗?”

我缓缓点头。我还是不太习惯有人叫我“阁下”。我这种身份的人要做什么？是要喝着茶，还是该指挥左右跟班暴打别人？（如果真要如此的话，我希望不必两者同时做。）

被称为“阁下”到底是什么意思？我猜你们都没享受过这种殊荣，因为你们其中应该不会有人恰好出身于英国皇室。（如果真的有，那么请容许我这么说，“您好，陛下！欢迎阅读我这本愚蠢的书。我能借点钱钱吗？”）

自由人似乎都对我有种不切实际的期望。一般情况下，我不是常会自我反省的那种人，但由于我几乎没什么机会当领导人，所以当大家越开始看重我，我也就越担心。万一我让他们失望呢？

“阁下，”卓尔琳说，“我觉得自己有必要道歉。我们在飞龙顶上奋战时，我对你说了些不够尊重的话。”

“没关系啦。”我振作起来，甩掉对自己的怀疑。“那时候情况太紧急了。”

“不，我没有任何辩解的理由。”

“真的，”我说，“在那种处境下，任何人都可能变得暴躁。”

“阁下，”她严肃地说，“水晶骑士并不是‘任何人’。我们的一切都要合乎期望，除了行为，也包括态度。我们不只尊敬你们这样的人物，也很尊敬所有的人，为大家服务。为了团体的名誉，我们一定要随时随地都尽力做到最好。”

芭斯蒂走在我们后面。出于某种理由，我觉得卓尔琳不是在向我解释，倒像是在对她女儿说教。感觉似乎是在讽刺。

“拜托你了，”卓尔琳接着说，“如果你能斥责我，我会觉得好过一些。”

“呃……好吧。”我说。（要怎么责备一个比你大二十多岁的成年水晶骑士？坏骑士！请我吃匹萨”？）

“把这想象成对你的斥责了吧。”我这么说。

“谢谢你。”

“啊哈！”卡兹喊道。

队伍停住了，阳光开始从最上方的枝叶间照射进来。卡兹站在最右面，从矮树丛探头出去。他转过来对我们露出笑容，然后将手中的大砍刀用力 一挥，斩开了树叶。

“我就知道我会成功的！”他比了比手势。

我从开口望出去——这是我第一次见到伟大的亚历山大图书馆。这个地方在民间传说跟神话中一样赫赫有名，我甚至还在哈嘘人的学校里学过关于它的历史——它是世界上最危险的建筑。

这眼前的却只是一间小屋。

第7章

Chapter Seven

我是一条鱼。

不，没骗人。我真的是。我有鳍、尾巴、鳞片。我到处游来游去，做些鱼全会做的事。这不是打比方或开玩笑，而是千真万确的事实——我是一条鱼。

一会儿再告诉你们为什么。

“我们大老远来就是为了那个？”我看着那间小屋问。它立在一块低平的沙地上，屋顶看起来似乎快要塌了。

“是啊，没错。”卡兹走出丛林，走下通往小屋的斜坡。

我回头看了一眼芭斯蒂。她只是对我耸肩。“我没来过这里。”

“我来过。”芭斯蒂的妈妈说，“对，那就是亚历山大图书馆。”她走出丛林，脚步声沉重而响亮。我耸耸肩，跟了上去，莉雅跟芭斯蒂也一起走了出去。走到一半，我回头看那片神秘的丛林。

当然，它已经消失了。我停下来，想了一会儿，还是决定不问为什么了。在过去几个月的奇幻旅程里，会消失的丛林真的不值得大惊小怪。

我赶到卡兹身边。“你确定就是这个地方？我以为它看起来会……呃，不太像一间小屋。”

“你以为是像蒙古包或者帐篷吗？”卡兹问。他走到门口，探头往里面看。我跟着做。

里面有一条很大很长的阶梯，直通向地底深处。这个开口真是黑得不像话，感觉就像有人在地上切开一个正方形，然后把周围的所有物质全部抽走。

“图书馆，”我说，“在地底？”

“必须的，”卡兹说，“不然你以为呢？这里可是哈嘘国，像亚历山大图书馆这种场所都设计得非常低调。”

卓尔琳走到我们身旁，向芭斯蒂比了个手势，要她检查四周。芭斯蒂照做了。卓尔琳则往另一个方向走去，侦察附近是否有危险。

“亚历山大图书馆的馆员跟你所见过的图书馆员可不一样哦，孩子。”卡兹说。

“什么意思？”

“唔，首先，他们像不死的鬼魂。”他说，“不过，因为种族的关系就对他们有偏见是不太好啦。”

我一脸疑惑。

“只是表达一下意见而已……”他耸了耸肩。“总之，那些馆长比宝书丹图书馆员的年纪还大。事实上呢，他们应该比这世界上大多数的东西都要老。亚历山大图书馆是古希腊时期创建的，毕竟亚历山大城可是亚历山大大帝时期建立的。”

“等等，”我说，“真是有这个人?”

“当然有，”莉雅走过来说，“怎么会没有?”

我耸耸肩。“不知道，我以为我在学校里学到的全都是图书馆员杜撰的奇幻故事。”

“并非全然如此，”卡兹说，“图书馆员大概是在五百年前才真正开始试图隐瞒事实，当时差不多是宝书丹还活着的时代。”他思考了一下，一边搔搔自己的头。“当然，我猜当时他们确实说了一些和这地方有关的奇幻故事。我认为他们教导大家说这里已经毁灭了。”

我点头。“好像是被罗马人毁的。”

“那完全是骗人的。”卡兹说，“是因为原来的图书馆不够大，所以馆员们才选移到这个隐秘的地方。我猜他们想物色一个地底能尽量挖空的山体。要在大城市里找出能收藏历史上所有书籍的地方，可不是件容易的事儿。”

“所有书籍?”

“当然啊，”卡兹说，“那就是这个图书馆存在的目的，它收藏了一切曾经记录下来的知识。”

突然之间，一切都很清晰。“所以我爸爸才会来这里，所以爷爷才会跟过来！你们没想到吗！我爸爸能够阅读用遗忘之语书写的文本——他有一副跟我一样的翻译镜片，是用拉希德之沙熔炼而成的。”

“是的，”卡兹说，“然后呢?”

“然后他才会来这个地方，”我看着通往黑暗的阶梯。“他是来寻找知识的，寻找用遗忘之语写的书。他可以在这里研究那些书，学习古代印卡纳人的一切。”

莉雅跟卡兹对看了一眼。

“事情……并不完全是你说的那样哦，史亚克。”莉雅说。

“为什么？”

“虽然馆长们喜欢收集知识，”卡兹说，“但他们不太喜欢与人分享。他们是可以让你读一本书，但你要付给他们的代价很可怕哦。”

我打了个冷战。“什么代价？”

“你的灵魂。”莉雅说，“你可以读一本书，然后你就会变成他们其中一员，永远替这个图书馆服务。”

那还真棒极了，我心想。我看着卡兹，他似乎很忧虑。

“怎么了？”我问。

“我跟你父亲很熟，孩子。我们一起长大——他可是我的哥哥。”

“所以呢？”

“他是位标准的史麦卓家的人，就跟你爷爷一样。我们的思考都不太周密，所以常做些让人难以理解的事，比如，让自己陷入危险，潜入图书馆，或者……”

“读一本会害你失去灵魂的书？”

卡兹将眼神移开。“我不认为他有那么笨。他确实能得到他想要的知识，但他永远也无法实践或与人分享。史提卡不会那么渴望想知道答案的。”

这番话带出了另一个问题——如果他不是要找书，那来这里干嘛？我心想。

一会儿之后，卓尔琳和芭斯蒂侦察回来了。现在，你们可能注意到某件很重要的事了。你们可以连上自己最喜欢的搜寻引擎，去查卓尔琳（Draulin）这个名字，可是我想你们应该找不到太多结果，就算有，那也大概是页面上拼错了的字，你们并不会找到以此命名的监狱（不过我老是觉得她的名字应该要跟监狱有关系）。总之，没有监狱是叫卓尔琳的，不过倒是有一个以芭斯蒂（Bastille）为名的监狱。

（以上就是关于名字的最后一点线索，这是我提供的预示。所以别再说我都不给线索啦。）

“四周安全，”卓尔琳说，“没有发现守卫。”

“这里从来不用守卫的，”卡兹回头看着阶梯。“我来过这里六七次，大部分都是因为迷路啦，不过我从来没进去过。那些馆员不会派人看守这里。他们根本不需要这么做，因为任何想偷书的人都会自动失去灵魂，不管他们知不知道规则。”

我忍不住打了个冷战。

“我们应该在这里扎营，”卓尔琳边说边看着日出。“大部分的人昨晚都没休息，而我们不应该在因睡眠不足而缺乏判断力的状况下进入图书馆。”

“这个建议不错，”卡兹打了个哈欠。“而且，我们还不知道是不是一定要进去。孩子，你说我父亲在这个地方，他进去了吗？”

“不知道，”我说，“我不确定。”

“再用镜片试试吧。”莉雅点头，像是在鼓动人。这似乎是她最喜欢做的事。

我还戴着通话镜片，于是我试着联络爷爷。不过，我只听见一阵低沉的嗡嗡声，眼前也只有一片模糊。

“我试过了，”我说，“只是一片模糊。有人知道这表示什么吗?”

我看着莉雅，但她只是耸耸肩。对于一位眼镜侠来说，她知道的事似乎并不多。话说回来，其实我跟她一样，而且我知道的还更少，所以我不应该这样评判她的。

“别问我，”卡兹说，“我刚好不懂。”

我望向芭斯蒂。

“别看她，”卓尔琳说，“芭斯蒂是水晶地派来的随从，不是眼镜侠。”

我瞥见芭斯蒂反感地看了她妈妈一眼。

“我命令她说话。”我说。

“这表示有某种干扰，”芭斯蒂立刻回答，“通话镜片不太稳定，有些玻璃能够阻挡它们。我敢说下面的图书馆一定安装了屏蔽信号的设备，以免有人抓了一本书，在灵魂被取走之前利用镜片将内容读给外面的人听。”

“谢啦，芭斯蒂。”我说，“你在我身边真是帮了不少忙呢。”

她露出笑容，不过一看见卓尔琳生气的眼神，马上又僵硬起来。

“那么，我们要扎营吗?”卡兹问。

我发现每个人都在看我。“呃，当然。”

卓尔琳点了点头，然后就走向某种蕨类植物，割下叶子准备当屋顶。虽然现在气温愈来愈暖和，但我猜那是必要的，毕竟我们可是在埃及。

我去帮莉雅翻找背包，拿了一些食物出来。我们找东西时，我的肚子发出很响亮的咕噜声；自从在机场吃了那包不新鲜的炸土豆片后，我就再也没吃过东西了。“所以，”我说，“你是眼镜侠?”

莉雅脸红了。“这个嘛，你也知道，我并不怎么厉害。我一直搞不清楚该如何利用这些镜片。”

我咯咯笑了出来。“我也是。”

结果这似乎让她变得更不好意思。

“怎么了?”我问。

她以她那特有的活泼方式笑着。“没事。我只是……呃，你是天生就会运用这种能力的人啊，史亚克。而我呢，我以前用过十几次通话镜片，但你也知道我在机场时的表现有些差强人意。”

“我觉得你做得很好啊，”我说，“你让我安然逃脱了。”

“我猜只能算凑合吧。”她低着头说。

“你没有眼镜侠镜片吗?”我现在才注意到她没戴任何镜片。而我在当时联络爷爷失败之后，就换上了眼镜侠镜片。

她红着脸翻找她的口袋，最后拿出一副眼镜，镜框比我的还时髦得多。她戴上去。“我……不太喜欢戴上镜片的样子。”

“看起来很棒啊!”我说，“听着，爷爷告诉过我，要我经常戴着镜片，养成习惯。也许你只是需要多一点练习而已。”

“我已经练习差不多十年了吧。”

“那么你戴着镜片的时间有多长呢？”

她想了一下。“我想并不多吧。总之，既然你在这里，我猜是否有我这位眼镜侠就不是那么重要了啦。”她笑着说，但我感觉得到不太对劲。在充满生气的外表下，她似乎掩饰了许多复杂的心情。

“这我倒是不清楚。”我边说边切下一片面包。“我真的很高兴这里还有另一位眼镜侠，尤其因为我们还得下到那间图书馆。”

“为什么？”她说，“你比我更会使用这些镜片啊。”

“如果我们分开了呢？”我问。“你就可以用通话镜片联络我啊。我认为有两位眼镜侠总是有益无害吧。”

“可是……通话镜片在这里发挥不了多大作用，”她说，“我们刚才就感觉出来了啊。”

她说得没错，这下轮到我脸红了。接着，我想到一件事。我伸进口袋拿出一副眼镜。“试试看这个。”这是一副淡黄色的镜片。

她犹豫地接过镜片戴上，然后眨了眨眼。“哇！”她说，“我好像看见一串足迹了。”

“这是追踪镜片，”我说，“爷爷只是暂时借给我用。如果你迷路的话，就能用这个循着自己的脚步回到来路，或是跟着我的足迹找到我。”

莉雅开心地笑着：“我没戴过这种东西，真不敢相信竟然有效！”

我没向她提起爷爷曾说过这是使用起来最简单的镜片。“太棒啦。”我说，“也许你以前只是用错镜片了，你以后记得选择恰当的镜片吧。这个就先借给你吧。”

“谢啦！”她突然抱住我，吓了我一跳。接着她就踩着轻快的步伐去抓起另一个背包了。我微笑着看她离开。

“你还是很有办法嘛。”有个声音说。

我转过身，发现芭斯蒂站在附近。她砍了几根长树枝，正要将它们拖到她妈妈那里去。

“什么？”

“你很厉害，”她说，“我是指与人相处这方面。”

我耸了耸肩。“这没什么。”

“不，”芭斯蒂说，“你真的让她变开心了。自从你出现以后，她就一直闷闷不乐，但现在她似乎很开心了。你好像拥有领袖的才能，史亚克。”

如果你们稍加思考的话，就会觉得这还是很有道理的哦。我整个童年时期都在学习如何与人疏远。为了让他们讨厌我，我学会了在不同时候该说什么话，也知道该弄坏什么东西。现在，在这个技巧的帮助下，我反而让别人觉得好过些，而不是让他们讨厌我。

我早该知道我替自己找了什么麻烦。没什么事比让别人对你充满期待更糟的了；他们对你的期待越高，等你辜负他们时，你就会越难过。听我的忠告吧，你们不会想当领袖的。领导别人的感觉有点像从悬崖上掉下来，你们只会觉得刚开始很有趣，然后就不好玩。乐趣消失得很快，真的很快。

芭斯蒂将树枝拖到卓尔琳那儿，她正在搭一间小屋。接着，芭斯蒂回来坐在我身边，拿出一个饮料瓶子。她咕咚咕咚地喝着，可是瓶里的水看起来一点也没减少。

厉害，我心想。

“我一直想问你一件事。”我说。

她擦了把额头上的汗。“什么事?”

“那架追杀我们的战斗机，”我说，“用冰霜镜片攻击我们。我以为只有眼镜侠才能使用那种东西。”

她耸了耸肩。

“芭斯蒂。”我看着她说。

“你也知道我母亲是什么样子吧，”她发着牢骚。“我不应该谈这些事的。”

“为什么?”

“因为我不是眼镜侠。”

“我也不是鸽子，”我说，“但如果我想的话，我可以谈论羽毛的事。”

她看了我一眼。“这个比喻还真恶心，史业克。”

“我在这方面可是很擅长的呢。”

羽毛——鱼鳞可比羽毛舒服多了。还好我是条鱼，不是鸟。(你们没忘记这件事吧?)

“听着，”我说，“你知道的事说不定很重要。我……我认为开战斗机的那家伙还活着。”

“它已经从空中摔下来了!”她说。

“我们也是啊。”

“他坐的可不是会滑翔的龙。”

“是的，没错，但它半边脸是用螺丝跟弹簧做的。”

她的水瓶举在半空中，整个人僵住了。

“哈！”我说，“你真的知道一些事。”

“金属脸，”她说，“它是戴着面具吗？”

我摇头。“那张脸就是金属。我在机场就见过那个怪物。当时我不停地跑，可是却觉得自己被……向后拉去，几乎快被抓住了。”

“那是反暴风镜片，”她心不在焉地说，“功能跟你的暴风镜片正好相反。”

我拍拍口袋里的暴风镜片，差点忘了这个东西。在我最后那片火焰使者镜片破掉之后，暴风镜片就是我唯一的攻击武器了。除了它以外，我只剩眼镜侠镜片、通话镜片以及翻译镜片。

“所以，有一张金属脸，能驾驶战斗机，又会使用镜片的，到底是什么东西？”我问。“听起来像是谜语。”

“这个谜语很简单，”芭斯蒂跑到地上，压低了声音。“听着，别让我母亲知道是我说的，我认为我们有大麻烦了。”

“我们什么时候没有遇到过麻烦？”

“这次更糟，”她说，“你记得你上次在图书馆对抗的那位黑暗眼镜侠吗？”

“你是指布莱本？当然记得。”

“好，”她说，“他那个派别的图书馆员叫做黑暗眼镜侠。除了他们之外，还有其他的派别，我认为至少有四个，而这些派别彼此之间相处得不太融洽。每一派的人都希望能控制整个大组织。”

“而这个追击我的家伙……?”

“隶属于书籍骨头帮，”她说，“这一派的规模最小。除非必要，其他派别的图书馆员都会避开他们，因为这些人有……特异功能。”

“比如说?”

“比如说剥掉自己身体某部分，换成活化的金属装上。”

我张大眼睛盯着她看了好一会儿。鱼常常做这种事，因为我们没办法眨眼。“他们会做什么?”

“会做我刚刚说的那种事，”芭斯蒂低声说，“他们的身上有部分是活化物。一半是人，一半是怪物。”

我开始发抖了。我们在市区的图书馆里对付过活化物。虽然它们只是一叠纸张变成的，但实际上可是非常危险的东西。芭斯蒂就是因为对付它们，才会失去她的剑。

活化是利用眼镜侠的力量让无生命的物件活起来，是一种很邪恶的魔法。而且干这种事的眼镜侠，必将丧失一部分人性。

“书籍骨头帮通常是受一些特殊的人委托才出来办事，”芭斯蒂说，“因此应该是某个图书馆员请来的杀手。”

是我妈妈，我随即想到。*她就是雇佣那家伙的人*。我尽量不去想她，因为这么想会让我觉得想吐，而想吐除了能让你们不用去上学以外，其他什么好处也没有。

“他会使用镜片，”我说，“所以这家伙是眼镜侠?”

“不太可能。”芭斯蒂说。

“那该怎么解释?”

“有一种方法可以让不是眼镜侠的人也能使用镜片。”她的声音非常小。

“是吗?”我问，“为什么我们不多使用那种方法?”

芭斯蒂看了看两旁。“笨蛋，”她用腹语说，“因为你得先杀死一位眼镜侠，再用他的血来熔炼镜片。”

“哦。”我说。

“那家伙用的大概就是这种镜片，”她说，“他应该是将镜片钩在座舱罩上，才能攻击我们。这听起来很像是书籍骨头帮会做的事，他们喜欢拿眼镜侠的力量跟哈嘘科技组合使用。”

这段用血制作镜片的传说应该让你们想起点什么了吧——我最后为什么会被绑在祭坛上，等着被宰了献祭。芭斯蒂刚刚泄露了一个重要信息，那就是眼镜侠的力量跟血炼镜片有直接关系。眼镜侠的力量愈强，镜片的威力就愈大。

而你们应该也知道，我的力量非常非常强大。

芭斯蒂离开我身边，继续去砍树枝了。我静静地呆坐在原地。也许只是我的错觉，但我觉得自己仿佛感应到了远处的某个东西。我在逃离机场、与战斗机对抗时，也感觉得到这股强大的黑暗力量。

别傻了，我打了个战。*我们靠卡兹的天赋走了好几百英里。就算那个书籍骨头还活着，也得花上好几天才能追*

到这里来。

我是这么想的。

没多久后，我已经躺在用蕨叶搭成的小屋里，我还脱掉了脚上的黑色运动鞋，将夹克叠起来当成枕头。其他人都睡着了，我也试着睡觉，可是却无法克制自己不去想刚才的那些话。

看来，这一切必定有某种关系，镜片运作的方式，史麦卓家的天赋，用眼镜侠的血所炼成的镜片可以让一般人使用，沙里麦能源跟眼镜侠力量之间的关系。

一切都有联系。不过，由于我只是一条鱼，要思考这些东西实在太吃力了。于是，我试着睡觉。

如果你们跟我一样没有眼睑，就会知道睡觉是件多困难的事了。

第 8 章
Chapter Eight

好吧，我不是鱼。我承认。什么？你们是自己发现的？真聪明啊。从哪里看出线索的？因为我会写书，因为我没有鳍，或者因为我是个狡猾透顶的“骗子”？

总之，我安排这个小小的脑筋急转弯，确实是有目的的，而这个目的跟我平常的想法不一样。（当然，我平常的想法就是忽悠你们啊。）我想要证明某件事。在上一章里，我告诉你们我是条鱼，不过我也提到我有一双黑色的运动鞋。还记得吗？

我告诉你们吧，那是个谎言，我没有黑色运动鞋。我根本没有任何黑色的鞋子。我穿的是白色鞋子，在第一章里就是这么说的了。

为什么？这很重要。让我跟各位谈谈误导这件事吧。

在上一章，我撒了个弥天大谎，让你们的注意力都集中在这上面，因而忽略了较小的谎言——我说我是鱼。接着，我在不经意间地提起黑色运动鞋，而你们就没注意到了。

所有人都喜欢用这招——他们开很炫的车，让别人分心不去注意他们其实住的是间小房子；他们穿着打扮光鲜亮丽，让别人分心不去注意他们其实很枯燥乏味的内心世界和低劣的品质。他们故意大声说话，让你们分心不去注意他们其实没什么话好说的，更是蛮不讲理。

这就是发生在我身上的情况。不管我到自由国度的哪个角落，人们总是很兴奋地祝贺我、赞美我，或者希望我祝福他们。他们所见到的是一条鱼。他们只专注在大事上，认为我从图书馆员手中拯救了世界，却完全忽略了一件重要的事实——他们看不出我是谁，也不知道我为所谓的英雄事迹付出了多少代价。

所以，这就是我写自传的原因。我要教你们不去看鱼，而是注意鞋子。鱼跟鞋子是有内涵的，你们记住哦。

"史亚克！"有个声音把我叫醒。我迷迷糊糊地睁开眼睛，坐了起来。

我刚才在做梦，梦见一只狼——一只凶恶的金属狼冲了过来，差点就要追上我了。

他来了，我心想。**那个猎人，那个书籍骨头——他没摔死？**

"史亚克！"我往声音的方向看过去，立即吓了一大跳。我爷爷就站在附近。

"爷爷！"我赶紧爬起来。没错，就是他，他脸上有浓密的白胡子，后脑勺有一团白发。

“爷爷！”我跑上前。“你去哪里了?!”

爷爷很疑惑，回头看了看。他歪着头看我。“什么?”

我放慢脚步。为什么他戴着追踪镜片，而不是他的眼镜侠镜片？我再定睛一看，发现他的穿着非常奇怪。一件粉红色束腰上衣搭配的是棕色长裤。

“史亚克?”爷爷问，“你在说什么?”他的声音太像女人了。其实，这个声音听起来简直就是……

“莉雅?”我惊讶地问。

“哎哟！”他/她突然张大眼睛，我眼前这个面貌像极了爷爷的人从背包中翻出一面镜子，照完之后就抱怨了一声，然后坐下。“噢，碎玻璃啊！”

帐篷里，卡兹也眨着眼睛醒来了。他坐起身，然后开始幸灾乐祸地大笑起来。

“怎么了?”我看着他问。

“是我的天赋啦。”莉雅没好气地说，“我警告过你了吧？有时候我起床时会变得非常糟糕。”

“你是指我爷爷看起来很糟糕吗?”我笑了起来。

莉雅（看起来还是很像爷爷）脸涨得通红了。“很抱歉，”她说，“我不是故意要说他坏的。只是，呃，对我来说这样很坏。”

我举起手。“我懂啦。”

“如果我睡觉时想着某人，状况会更糟。”她说，“我很担心他，所以我猜我的直觉接着就发挥了作用。它的效力现在应该会开始慢慢消退了。”

我发现自己正为莉雅的表情开心笑着。在跟史麦卓家的人相处这段期间，我见过不少奇怪的天赋，但一直到这个时候，我才觉得终于遇到一个比弄坏东西还更有意思的了。

我想提醒各位，嘲笑别人的痛苦，这样不厚道哦。这可是个很糟的习惯，几乎快要跟“没读过系列作品第一集就直接看第二集”一样糟了。

不过，要是你们的堂姐起床后变成一位长着浓密胡须的老头，情况就不一样了。在这种时候取笑她是没关系的。这刚好是“无论如何事情太好笑起来了，不能怪你”法则里的少数特例。

（其他特例包含了被巨大企鹅撞倒，从鼻子形状的巨大奶酪上摔下来，以及被父母亲以监狱的名称来命名。我已经向法院递交请求，申请撤销上述第三点。）

卡兹跟我一起笑，后来连莉雅也跟着咯咯笑了。我们史麦卓家的人就是这样。如果你不能对自己的不是一笑置之，那么最后你的性格一定会变得很压抑古怪。

“好啦，你想跟我说什么？”我问莉雅。

“啊？”她一边问，一边用手指戳着自己的胡须。

“是你叫醒我的啊。”

莉雅吓了一跳，我想我找到有趣的东西啰！

我露出怀疑的表情，跟着她赶到图书馆小屋的另一侧。她指着地面。

“你看！”她说。

“泥土？”我问。

“不，不对，是那些足迹！”

泥土上没有足迹，而莉雅正戴着追踪镜片。我伸手轻敲她的镜片。

“噢，对了！”她接下眼镜递给我。

你们不应该批评莉雅的——她其实并不笨，只是容易分心；她只是连呼吸都会分心而已。

我戴上追踪镜片，立即看见地上有一道发出炽热白光的足迹。我认得它们，因为每个人都会留下独特的足迹。

这些是爷爷史理文的脚印。莉雅的足迹散发出粉红色。卡兹的是蓝色，而我的是白色。前一天我们两个曾到小屋前探查过，所以两组足迹混在一起。我也看见芭斯蒂的红色足迹在附近来回绕了好多圈，另外，因为我跟卓尔琳不熟，她也不是我的亲戚，所以我只看见几处灰色足迹，而且消失的速度很快。

“看到了吗？”莉雅问，她的头点得很快，跟鸡啄米似的。她这么做的时候，脸上的胡子跟着被甩落了。“我们之中没人有这种脚印，不过众多的足迹跟这一组倒很接近。”

卡兹到了我们身边。“是爷爷的脚印。”我对他说。

他点点头。“往哪里去了？”

我跟着脚印走，卡兹和莉雅也跟在我后面，绕了小屋一圈。爷爷也跟我们一样，先检查这个地方。我往小屋里看，发现脚印走向小屋一角，然后转向走下通往黑暗的阶梯。

“他进去了。”我说。

卡兹叹了口气。“也就是说他们两个都在下面。”

我点头。“但我爸爸一定是很早之前来的，因为他的脚印已经消失了。我们应该早点使用追踪镜片的！我觉得自己真是大智若愚。”

卡兹耸耸肩。“反正我们找到足迹了，这才是最最最重要的。”

“所以，我立功了，对不对？”莉雅问。

我看着她。她的头已经开始长出正常的黑发，她的脸看起来像是介于她自己跟爷爷之间的混合体。之前看起来很好笑，但现在的样子真是令人有些毛骨悚然了。

“嗯，是啊。”我说，“你做得很好。我们可以跟着这些脚印，自然就能找到爷爷了。至少，我们会知道他们其中一人在哪里。”

莉雅点点头。我每看她一次，她就会变得越来越像原来的自己，不过她看起来似乎很难过。

*怎么了？*我心想。*她刚刚发现了一些非常重要的线索。如果没有她，我们应当会……*

莉雅之所以能发现足迹，是因为她戴着追踪镜片。而现在我把镜片拿回来了，还准备要下去找爷爷。我将追踪镜片摘下来。“这个交给你好吗，莉雅？”

“真的吗？”她振作起来了，就像接受某位国王的赏赐。

“当然啦，”我说，“你跟我一样都会使用这种镜片，所以就由你来带领我们去找爷爷吧。”

她接过眼镜，脸上挂着异常激动的笑容。“真是谢谢你！”她跑到小屋外，循着脚印走回去，显然是想看看爷爷有没有去别的地方。

卡兹凝视着我。“或许我看错你啰，孩子。”

我耸了耸肩。“身为眼镜侠，她的运气似乎不太好。我想我不应该拿走她唯一能使用得稍稍顺手点儿的镜片。”

卡兹点头表示理解，对我笑道：“你有一颗善良的心，史麦卓家族中的好心人。当然啦，比起矮个子还是差那么一丁点，不过这也是意料之中的事。”

我一脸困惑——

“‘矮个子优异定律’第一百二十七条：矮个子身体比较小，却拥有正常大小的心。因此我们的心脏功能更强大，当然也让我们比高个子更有同情心。”他对我眨眨眼做个鬼脸，然后自顾自地走开了。

我既无可奈何又无法理解地摇摇头，准备跟上去，可幸好我突然停下来了。我看着足迹去过的角落，然后走上前去，在泥土中翻找。

在地上一处凹洞中有个小丝绒袋子，用树叶盖着。我打开袋子，惊讶地发现里面有副镜片，还附了一张纸条。上面写着：

史亚克，

我又迟到了一步，来不及阻止你父亲走下地下图书馆。恐怕最糟糕的情况已经发生啦！他一直像个傻不啦叽的好奇宝宝似的，说不定真的会笨到用灵魂去交换知识呢。虽然我只晚到了几天，而且亚历山图书馆是个布满走道与回廊的可怕迷宫；但我希望能在他干出蠢事之前找到他，并且阻止他。

因此，很抱歉无法到机场跟你碰面了，这件事似乎比那更紧急。而且，我相信你能够自己处理好事情的。

如果你看到这张字条，就表示你没照计划前往纳哈拉，啊哈！我就知道你不会去的。你可是史麦卓家的人啊！我把这副辨认镜片留给你，这对你应该有帮助哦。要是你们想知道一个古董的具体年份，只需戴上镜片看一眼就行啦。

如果你要下来，千万小心一点，别让它们用计骗你拿他们的书哦。

爱你的，爷爷

另外，如果我那个疯儿子卡兹也跟你们一路，记得替我在他的头上狠捶一下哦。

我放下纸条，拿出镜片立刻戴上，然后看了看小屋四周。只要我将眼神集中在某个地方，镜片就会显现那里的光芒，那种白色光线就像阳光从某种苍白物体上反射回来的。然而，每样东西发出的光都不一样。小屋里大部分的木板都发出很晦暗的光泽，而我手里的绒布袋则相当明亮。

是年代，我心想。这能让我知道一件物品有多么的老旧。木板是很久以前建造的，小袋子则是最近才制作的。

我皱着眉头，为什么他不留另一副火焰使者镜片给我？没错，我是弄坏了第一副，但我身边本来就常发生这种事啊。

事实上是因为，爷爷并不怎么看重攻击镜片。他认为情商是更有杀伤力的武器。

就我个人而言，我认为能从眼中射出超高热光束，比能看出东西的历史更有帮助。不过，既然爷爷只留下这副镜片，我也只能将就着用了。

我离开小屋，走向其他人。他们正在讨论莉雅的发现。我接近时，他们全都抬起头盯着我，像以前那样等着我指示或点评一样——等待我领导他们。

*为什么是我？*我心烦意乱地想着。*我真不知道自己在干嘛，我甚至不想负责这件事。*

“史亚克阁下，”卓尔琳说，“我们是该在这里等你爷爷出来，还是要进去找他了？”

我低头看着手中的袋子，生气地看着被我弄坏了的拉紧绳。“我也不知道。”

其他人都面面相觑，他们没料到我会发出这样没导向性的指示。

爷爷很明显是想要我带大家下去图书馆里。但要是我命令大家下去，事情却出了差错呢？万一有人受伤或被俘虏呢？那不就是我的错吗？

但另一方面，如果爷爷真的需要帮忙呢？

这就是做领袖会遇到的难题。一切都跟选择有关，而做选择从来就不是件很有趣的事。假如有人给你一根糖果棒，你会很开心。可是如果对方拿出两根不同的糖果棒，告诉你只能选择其中一样，那怎么办？不管你选择哪一边，你都会觉得自己错过了另外一边。

这还是以“我喜欢糖果棒”为前提所做的假设。万一你得在两件坏事中做抉择呢？我是该在原地等，还是要把大家带进眼前这个地狱呢？这就像选择要吃了一只长毛的毒蜘蛛还是要吞一堆头钉一样。这两项选择都不怎么好玩，它们都会让你觉得想吐，而且没配番茄酱也都很难吞得下去。

就我个人而言，我非常乐意让其他人来决定，因为这样我就可以随心所欲地发牢骚或抱怨了。我觉得发牢骚跟抱怨都没有什么损失，不过可怕的是，有时候我很难从这两项之中选择最喜欢的。

唉，这人生就是纠结啊。

“我不想做决定，”我抱怨着说，“你们为什么都看着我？”

“因为你是带队的眼镜侠啊，史亚克阁下。”卓尔琳说。

“是的，没错，但我才做了三个月的眼镜侠而已啊！”

“哎呀，你可是史麦卓家族中的人呢。”卡兹说。

“对，但……”我分心了，**事情不太对劲**。大家都看着我，可是我不理会他们，而专注于追寻自己刚才那一瞬间奇异的感觉上。

“他在干嘛？”莉雅轻声问。她现在已经变回原来的样子了，但是头发因为刚睡醒还是有点乱。

“我不知道。”卡兹轻声回答。

“你觉得他最后说的话是在骂人吗？”她低声问。“哈嘘人似乎很喜欢用带‘蛋’的词语骂人，比如笨蛋、蠢蛋、蛋痛、蛋（淡）定、驴蛋……”

他来了。

我感觉出来了。如果附近有其他人使用镜片，眼镜侠能够感受得到。这是我们与生俱来的天赋，就跟我们天生会使用镜片一样。

我察觉到的不对劲之处，是有人似乎启动了镜片的力量。但这股力量遭到了扭曲，非常黑暗邪恶，十分吓人。这表示附近那个人使用的镜片，是以极可怕的方式炼成的。那个邪恶的赏金猎人发现我们了。我转过身，找寻那种感觉的来源，其他人被我的举动吓了一跳。

他就在那里，站在不远处的一座小山丘上。他的一只手臂长得奇丑无比，而他那张扭曲的脸孔正注视着我们。

“他冲过来了。”卓尔琳咒骂了一声，随即抽出她的剑。

“不要！”我边说边跑向小屋。“我们赶紧躲到里面去！”

卓尔琳没质疑我的话，只是点了点头，然后挥手让其他人先进去。卡兹的腿虽然很短，但他取出一副战士镜片戴上之后，跑得极快，我们竟然有些赶不上他了。

我到了小屋边，挥手要卡兹和莉雅先进去。芭斯蒂绕了一圈，匆忙想去抓一个背包。

“快点，芭斯蒂！”我大喊，“没时间啦！”

卓尔琳倒退着走向我们，她瞄了芭斯蒂一眼，然后回头看向那个怪物。他已经跑到一半的距离了，他手中有个东西突然发亮。一道蓝白色的冰霜光弹朝我们射来。

我叫了一声，迅速躲进小屋里。冷光击中了屋子，让整个建筑剧烈摇晃了一阵子，一面墙开始结冰了。

芭斯蒂赶紧滑行进来。“史亚克，”她喘着气说，“我不喜欢这样。”

“怎样?”我问，“把你妈妈留在外面吗?”

“不，她可以照顾好自己。我不喜欢的是在没计划的状况下盲目地跑进图书馆。”

“有个东西打中那道结冰的墙，将墙撞碎了。”芭斯蒂咒骂了一声。我则吓得大叫，整个人往后摔倒。

透过开口，我看见那位邪恶的赏金猎人朝我冲了过来。他拿了块石头将冰冻的外墙砸碎。

卓尔琳从已经倒塌半边的破门冲了进来。“下去!”她用剑指着阶梯，然后再举起来挡住冰霜镜片的又一波攻击。

我看着芭斯蒂。

“我听说过这里发生过的可怕事件，史亚克。”她说。

“没时间想那么多了。”我果断决定，心脏一阵剧烈跳动，匆忙转身，咬紧牙，往下冲进黑暗。芭斯蒂跟卓尔琳紧紧跟在后面。

一切都变黑了，我就像走过一扇光线无法穿透的大门。我突然觉得头昏眼花，跪倒在地上。

“芭斯蒂?”我在黑暗中喊着。

没有回应。

“卡兹！莉雅！卓尔琳！”

我甚至连自己的回声都听不到。

我还是得在巧克力糖果棒与一包大头钉之间做选择，谢谢。有谁带了番茄酱吗?

第 9 章
Chapter Nine

我想要做个实验，先去找一张纸，在上面写个0；接着，我要你们往下一行，再写一个0。各位要知道，0是一个神奇的号码，因为它是，呃，因为它是0嘛。你们无法找到比它更棒的数字了！现在呢，再下一行，0已经不够了，现在写个7吧。为什么0不够好？因为0已经不神奇啦。它本来是很棒的号码，但现在已经没有意义了。现在呢，拿起你们的纸张，丢到一旁，然后把这本书往逆时针方向转90度。

仔细看着前面的段落。（呃，我想既然你们已经按照上面说的把这本书转过来了，我应该说是上面的段落。）总之，你们应该能在段落之中看见一个用数字构成的脸，上面有两个0当眼睛，7是鼻子，而最下面那些0则是嘴巴。由于你们把书翻转到侧面来看，因此这张脸在对你们笑。然而，大家都知道，书拿成这样是没办法读的。事实上，你们是怎么读这一段的文字呢？再把书往逆时针方向转90度吧，你们刚刚的姿势看起来真像傻瓜。

噢，真聪明啊。你们让书上下颠倒啦。

好啦，转回来才对。总之，我相信我在上一本书里跟各位解释过，第一印象往往是错觉。你们看完上面那句话的第一印象可能会是“我已经谈完关于第一印象的事了”，而你们错了——明白我的意思了吧。

你们还有很多东西需要学习的。各位已经知道人的第一印象通常是错的，太，太，太肤浅。其实，许多我们长久以来习以为常的想法还错得更离谱。比方说，在我的前半生中，我一直相信图书馆员是我的朋友；有些人相信芦笋的味道尝起来很棒；有些人不买这本书，是因为他们认为内容读起来很有些小儿科的碎碎念。

错，错，大错特错，根据我的经验，除非我花了足够的时间去研究并认识某件事物，否则最好不要用所见到的表面印象去评判它。一件看起来好像没什么意义的事，说不定其实很有趣味。（就像我在第一段所弄的数字画。）

所以各位要记住，这本书里的某个地方可能会提到非常关键的重点哦。

我勉强在完全的漆黑之中站起来，环顾四周，不过这么做当然没用。我又喊了一次，没有回应。

我在黑暗里不停地发抖——这里不只是暗，而是简直暗到了极点。暗得就像我被一只鲸鱼吞进肚子里，而这只鲸鱼又被一只更大的鲸鱼吞下，然后大鲸鱼在一个很深的洞穴里迷路，而这个洞穴又被吸进了一个大大的黑洞里。

眼前实在黑得太彻底了，使得我开始怀疑自己是不是瞎了。因此在我看到些许微光时，高兴得几近疯狂。我面向微弱的光源，松了一口气。

“真是谢天谢地啊，”我喊着，“刚才实在是——”

我的话在喉咙里哽住了。我看到的那道光，竟然来自一个血红色头骨眼窝里喷出来的火焰。

紧接着，我吓得大叫，往后一绊，背部撞上一面粗糙且满布灰尘的墙。我沿着墙移动，在黑暗中手忙脚乱地又抓又捞，结果额头撞上了角落的另一面墙。困在墙角的我回头看，发现头骨离我越来越近。那对从眼窝里喷射而出的火焰随即照亮了怪物身上长袍般的披风，以及它两只骨头手臂。它的整个身体，包括头骨、披风，甚至火焰，看起来似乎都是半透明的。

这就是我进入亚历山大图书馆后见到的第一位图书馆员。我忙乱摸索着外套，才突然想起自己身上携带着镜片。可是在黑暗之中，我分不清哪个口袋装的是哪种镜片，而且我太紧张了，根本静不下心来慢慢数。

我随便抽出一副眼镜，希望是暴风镜片。我戴上去。

图书馆员散发着白色的光芒。*好极啦，我心想。这下我知道它有多老朽了。说不定我还能替他烤个生日蛋糕哩。*

图书馆员在对我说话，不过他用的是某种奇怪、刺耳的语言，我一点也听不懂。

“呃……我没听清楚……”我边说边忙乱拿出另一副镜片。“你可以再说一遍吗？……”

它又开始说话了，而且靠得越来越近。我迅速换上另一副镜片，集中精神，希望能用强风把眼前这个怪物吹到天边去。我很确定自己这次找对了口袋。

但是，我又找错了。

“……亚历山大图书馆的小客人，”对方气若游丝地念叨，“你必须买门票。”

原来我戴的是用拉希德沙子炼成的翻译镜片。这下可好，我不但知道他有多老朽，还能在他吸掉我灵魂之前听懂他那恶魔般的语言。我在心里提醒自己，下次一定要认真请教爷爷，为什么他老是给我这种镜片。

“门票。”对方飘到我面前。

“呃……我好像把钱包掉在外面了……”我笨手笨脚地摸着外套，想找出另一副镜片。

“我们对金钱没兴趣。”另一个细微的声音传来了。

我转头看向另一侧，另一位红色头骨、眼窝里喷着火苗的馆员正风一样的飘过来。多了这道光源，我现在看得更清楚些了，也发现这两个怪物都没有脚。它们的披风到了底部便渐渐淡化、消失了。

“那你们要什么东西?”我哽着喉咙问。

“我们要……你的纸张。”

我眨眨眼。“什么?”

“你写下的任何东西，”正在靠近的第三个家伙说，“任何进入亚历山大图书馆的人都必须交给他们的书、纸张，以及一切书面作品，好让我们抄写下来，加入馆藏。”

“好吧……”我说，“听起来很公平。”

我的心脏还是剧烈跳动，似乎不敢相信这群眼睛喷火的不死怪物竟然没有一口吃掉我的念头。我拿出身上所有他们想要的宝贝——爷爷留给我的那张纸条、一张口香糖包装纸和几张美元纸钞。

他们从我手中将这些东西全部卷走了，让我的整个人好一阵背脊直发凉。或许我该向各位说明一下，这些馆员身上会散发出冰冷的寒气。正因如此，它们喝饮料时从来不用加冰块。遗憾的是，由于他们是不死的幽灵，因此他们不能喝汽水。这真是世界上最大的讽刺。

“我就只有这些了。”我耸耸肩恳求道。

“你说谎。”其中一位用气声说。

这可不是我想从幽灵口中听到的话。“才没有，”我老实地说，“只有这么多了！”

我感觉好几只冰冷的手在我身体上摸索，吓得我大叫起来。虽然这些东西看起来有些透明，但他们的手可是抓得像铁爪一样牢。他们推着我转了个身，然后扯掉我衣服跟裤子上的所有标签。

接着，他们退了几步了。“这些东东你们也收藏呀?”我问。

“所有能用来写字的纸张都要交出来，”其中一位补充道，“这个图书馆的目标是要搜集所有书写下来的知识。”

“哟，那么只是抄 T 恤和内裤标签就够你们忙的啦。”我咕哝着说。

“不要质疑我们的规则，小屁孩。”

我打了个战，觉得自己说话还是小心点好，以免激怒这些有着燃烧骷髅头又会吸人灵魂的妖魔鬼怪。这么说来，有着燃烧骷髅头又会吸人灵魂的妖魔鬼怪还真像是学校里的某些班主任，你懂得。（我明白你们的困惑，因为我自己也常常把这两者搞混。）

话说完后，三个幽灵就准备离去。

“等一下，”我害怕再次陷入黑暗，“我的朋友怎么了？他们在哪里？”

其中一个幽灵转回来。“他们跟你分离了，所有人进入图书馆后都必须分开。”他飘向我。“你是来寻找知识的吗？我们可以帮你。你想要什么都行。任何书籍，绘本，只要是定下来的东西，我们都能给你。你只需要说一声……”

这个头骨喷着火身穿披风的家伙在我身边不停地绕圈，声音细微而诱人。“你可以知道任何事，说不定还能找出你父亲在哪里哟。”

我转头看他。“你知道他在哪儿？”

“我们可以提供一些消息，”他说，“你只要开口跟我们借那本书就行了。”

“代价呢？”

我面前的骷髅头似乎笑了起来。“很便宜的。”

“我的灵魂？”

他笑得更开心了。

“谢啦，不必。”我不再理会他。

“好吧。”馆员飘开了。

突然之间，墙上闪出一束灯光，光线照亮了房间。灯光来自装满着油的小容器，看起来像是古代阿拉伯故事里精灵会拿的东西。我才不管那像什么，只要有光线我就知足了。我发现自己站在一个满是灰尘的房间里，四面是旧砖墙。房间连接着好几条走廊，而走廊出入口处并没有门。

这下可好，我心想。此时此刻，我竟然好后悔把追踪镜片给了别人……

我随机选了道入口，才刚进走廊就吓一大跳，因为这里实在是太宽阔了。这个空间似乎不断延伸下去，永无止境。柱子上挂着油灯（当然也是一直往远处延伸），看起来像是废弃机场中一条火光摇曳、气氛幽然的飞机跑道。我左右两边是摆满了卷轴的架子。

这里的卷轴数量成千上万，表面全都蒙上了一层厚厚的灰尘，令人有种来到地下墓穴的感觉。我有点被吓着了，在这超大的地下空间里，连我的脚步回声听起来都特别大。

我蹑手蹑脚地走了一会儿，一边检查一排接一排被蜘蛛网覆盖住的卷轴。我像是进了一个超大的地下墓窑，只不过这里埋葬的不是尸体，而是书籍。

“好像没有尽头的样子。”我低声自言自语地咕哝，然后抬起头。这些卷轴沿着墙面一路堆到了二十几英尺高的天花板。“不知道这里有多少卷轴。”

“如果你想知道的话，没问题。”一个声音说。我转过身，发现一位馆员在我后方转悠。他跟着我多久了？

“我们有一份清单。”他低声诱惑道，然后飘向我。

现在这里已经有外在光源了，他那张骷髅头脸孔显得更加朦胧。“如果你要的话，可以看哦。只要向我借就行了。”

“不用，谢啦。”我走开了。

馆员若有所思地停留在原处，没做出任何威胁的举动。我继续朝前走，不过偶尔还是会回头看一下。

你们或许会怀疑，那些图书馆员怎么敢说他们拥有一切书写的作品。我有个可靠的消息来源指出，他们有很多增加馆藏图书的方法。譬如，他们跟控制哈嘘国度的图书馆员达成了一项不成文的协议。

单是美国，每年就有成千上万的书出版。这些书大部分要不是“文学”（描写无所事事的人），要不就是谈论乏味至极主题（比如节食）的愚蠢小说。

（美国出版这种毫无用处的书，确实有其目的。这些书是为了让读者变成只关心自己的人，图书馆员才能更容易控制他们。我发现，你如果想要看自己不顺眼，最佳的捷径就是去读一本自助指南，其次就是去看一本故意让你觉得人性普遍很可怕的消沉文学作品。）

总之，重点是图书馆员每年都会出版好几十万种书。这些书最后的下落呢？就逻辑上而言，这些书早就足够把我们淹死了。我们会被一道由图书形成的海啸给淹没了，在一片谈论女孩饮食无规律的无尽书海里艰难地挣扎逃命。

答案就是亚历山大图书馆。图书馆员会将他们多余的书籍运到这里，当成交换条件，这样的馆员们不会自己到哈嘘国度去找书。这可真是个遗憾。毕竟，那些瘦得只剩下骨头的馆员说不定可以教我们一些健美瘦身秘诀呢。

我继续在陈旧的图书馆走廊里游逛，看着四周巨大的柱子，以及一排一排一排一排一排一排一排一排一排一排一排又一排的书，我觉得自己实在太渺小了，根本就像一粒灰尘一样无足轻重。

我偶尔会经过从第一条走廊分岔出去的其他走廊，它们看起来就跟我一开始进入的走廊没两样，我也很快发现自己完全不知道在往哪个方向走了。每次回头看，总会感到一阵失望，因为这个图书馆里唯一没有灰尘的地方就是地板。也就是说，我无法循着自己的足迹走回去，而且我身上也没有面包屑能丢到地上当标记。我考虑过要用肚脐绒垢做记号，但后来觉得这样不但很恶心，而且也很浪费。(你们知道这东西多珍贵吗?)

此外，在地上做记号其实并没多大意义。没错，我是不知道我往哪里去，但我本来就不清楚自己在哪里。我叹了口气。“我想这里该不会有地图吧?”我刚说完，一扭头就看见有位图书馆员跟在我后面不远处。

“当然有。”他用鬼魅般的语气说。

“真的吗? 在哪里?”

“我可以替你去拿，”头骨露出灿烂得让我感到更加恐怖的笑容。“不过你得向我借。”

“那还真是太棒了。”我冷淡地说，“我可以给你我的灵魂，藉此找到出去的路，然后却没法从那条路离开，因为你拥有我的灵魂。”

“以前有人做过这种事，”鬼魂说，“在迷宫般的书库里穿梭可是会让人发疯的。对很多人来说，如果能得到解脱，就算付出灵魂也值得。”

我愤愤地转过身去，但馆长还是继续啰唆个没完。“你知道以后一定会很惊讶，事实上有不少人来这里只是为了寻找简单的答案（ABCD）而已。”他的声音越来越大，身体也离我越来越近。“有一些老女人对现代一项叫‘填字游戏’的娱乐非常着迷，有好几个人是来这里找答案的。我们现在拥有她们的灵魂了。”

我皱起眉头看着他。

“许多人为了追求知识，宁愿放弃剩下的生命，”他续续念经似地念叨，“这只是我们获得灵魂的一种方式而已。说实话，有些人根本不在意他们拿了哪本书，因为他们只希望变成我们的一分子，就能阅读图书馆里所有的书了。当然，到那时，他们的灵魂早就像笼子里的鸟一样困在这里了，他们永远无法离开，也不能与别人分享知识。尽管如此，这里面无尽的知识对他们而言还是很有吸引力。”

他讲话这么大声干嘛？他似乎想推我，而我也感觉有股寒气戳着我，仿佛是想逼我走快一点。

我突然明白这是怎么回事了。这位图书馆员是鱼。如果真是这样，那运动鞋是什么？（这当然是种隐喻啦。如果你们忘记了，就翻回前几章看看吧。）

我闭上眼睛，集中精神。没错，我听到了。有个细微的声音在呼救，听起来像是芭斯蒂。

我猛然张开眼睛，跑进旁边的走廊。图书馆员用我听不懂的鸟语咒骂了一声，而我的翻译镜片立刻让我听懂了他的那堆牢骚。不过我也觉得很爽，就不在这里重复给各位听了，因为那跟打蛋器有关。总之，馆员又屁颠屁颠地跟着我往前走了。

我发现芭斯蒂被挂在两根柱子之间的天花板上，而她也正用自己的语言咒骂着。她被裹在一个奇怪的绳网中，有些绳子绕住她的脚，有一些绑住她的手。她越挣扎，整个绳网似乎就缠得越紧。

“芭斯蒂?” 我问。

她停止了挣扎，银色头发垂到面前。“史亚克?”

“你是怎么上那儿去的?” 我问。我注意到[illegible]书馆员头上脚下地飘在她身体周围的半空中[illegible]好像完全不受地心引力影响，不过我想这对[illegible]是小菜一碟。

“这重要吗?” 芭斯蒂气冲冲地说，然后又[illegible]动身体，看来是想把自己摇下来。

“别挣扎了，那样只会缠得更紧。”

她很气愤，不过还是停了下来。

“告诉我发生了什么事?” 我问。

“陷阱，” 她稍微转动身体。“我触动了一个机关，一秒钟后就挂在这里了。更糟的是，这个眼睛着火的怪胎还一直在旁边低声说他可以给我一本教我如何逃出去的书，只要我愿意把灵魂交给他!”

“你的短剑呢?” 我问。

“在我背包里。”

那个背包就在附近地上。我走过去，小心避开可能触发机关的引线。我在背包里找到她的水晶短剑跟一些食物，另外还有（我差点忘了）鞋底装了紧爪玻璃的靴子。我笑了。

“我马上过去。”我穿上靴子，启动玻璃，试着走上墙面。

如果你们没试过这个，我推荐各位一定要试试看。你们会感到一阵宜人的风，接着是一阵诱人的眩晕，然后往后摔倒在地上。你们看起来也会像个笨蛋，不过对我们大多数人而言，像笨蛋已经不是什么新鲜事了。

“你在搞什么？”芭斯蒂问。

“试着走上来救你啊。”我坐起来，揉揉自己的头。

“那是紧爪玻璃啊，史亚克。它只能黏住玻璃和水晶而已。”

哦，对哦，我心想。虽然它的特性好像只有笨蛋才会忘记，但你们不能怪我。毕竟我刚才摔倒在地上撞昏了头。

“呃，那么我该怎么上去呢？”

“你可以把短剑抛给我。”

我怀疑地抬头看。她身上的绳子似乎裹得很紧，不过那些绳子是连接在柱子上的。

“抓好了。”我走向其中一根柱子。

“史亚克……”她的语气听起来很不确定。“你要做什么？”

我一只手放到柱子上，接着闭上眼睛。我只触碰到轮胎就能摧毁战斗机了……**我能不能在这里做出同样的事？将我天赋的力量透过柱子传到绳网？**

“史亚克！”芭斯蒂说，“我可不想被一堆腐朽的柱子挤扁。不要……”

我释放出一股破坏力量。

“嘎！”

在她出声的同时，跟柱子连接的绳网突然断了。我睁开眼，刚好看到她抓着一条剩下的绳子荡到我身边。她有些微微喘息。

她很警惕地往上看去，幸运的是柱子没掉下来砸到我们。我也跟着放开了手。

她歪着头打量我。“嗯哼。”

“不错吧？”

她耸了耸肩。“真正的英雄可是会直接爬上去用短剑替我割开绳子呢。走吧，我们赶快去找其他人。”

我翻了个白眼，不过还是接受了她的建议，就当她对我的谢意吧。她将靴子跟短剑塞回背包，甩到背上。我们沿着走廊走了一会儿，突然听见一阵撞击声，两个人同时转身去看。

柱子倒了下来，撞到地上时还震起许多石头碎片。整条走廊因为冲击的力道而震颤不已。

一阵烟尘从碎石堆中升起，卷向我们。芭斯蒂瞪了发呆的我一眼，然后叹了口气，自顾自地往前跑了起来。

第10章

Chapter Ten

你们可能会好奇我为什么这么讨厌奇幻小说，也可能并不好奇。这不重要，反正我现在就要告诉你们真实的原因。

（当然，要是你们想知道这本书的结尾如何，可以直接跳到最后一页；但我个人不建议这么做，因为结局会让你们很不爽哦。）

总之，我们来谈谈奇幻小说吧。首先，你们要知道，我所谓的“奇幻小说”是指那些讨论节食、文学、升官发财、经济大萧条时期人类生活的书籍。因此，奇幻小说里头并没有像水晶龙、图书馆员、魔法镜片之类的东西。

讨厌“奇幻小说”。呃，也不是啦。我不是真的讨厌它们，只是不喜欢它们带给哈嘘国度的影响。

人们不再阅读了。就算他们肯阅读，也不会看跟这本书类似的作品，而是会读些让他们沮丧的书，只因为大家都认为那些书很重要。我不知道图书馆员用了什么方式，但他们确实是成功地让大多数哈嘘人都相信自己只应该看无聊透顶的书籍。

这跟书籍肾头所憧憬建立的世界差不多，在这个世界里，人们绝不会做反常的事，绝不会做梦，也绝不会有任何奇怪的经历。他的图书馆员教人们不去阅读有趣的书，将注意力放在奇幻小说上。这就是为什么我称那些书是奇幻小说——那些书只会限制人们的想象力，将他们关在一个他们以为是“现实”世界的幻想里。这种幻想会告诉所有人，他们不必尝试新的事物。

毕竟尝试新事物可是很不容易的。

“我们得有个计划，”芭斯蒂边走边说，“我们不能像无头的苍蝇一样在这里瞎转。”

“我们要找到爷爷，”我说，“或者我爸爸。”

“我们还得找到卡兹跟莉雅，还有我母亲。”她说到她妈妈时直皱眉头。

而且……只是找到大家还不够，我心想。我爸爸来这里是有理由的。他一定是来找什么东西的。

或许是某种非常重要的东西。

我在几个月前收到他的讯息，那是跟装着拉希德沙子的包裹一起寄给我的。爸爸在信中的语气似乎很紧张，很兴奋，但也很担心。

他好似发现了什么秘密。用拉希德沙子炼成的翻译镜片只是开端而已，这还会引领我们发现某件更大的秘密，是一件连他也感到害怕的秘密。

他已经花了十三年追查这个秘密，而他的脚步就停在亚历山大图书馆这里。他是不是因为感到挫折，所以才会来这个地方？他是不是厌倦了不断寻找答案的过程，所以用灵魂来交换？

我打了个战，看着在我们后方飘动的图书馆员。“芭斯蒂，”我说，“你刚说他们其中一位对你说话？”

“是啊，”她说，“一直想说服我借书。”

“他跟你说英语？”

“唔，是纳哈拉语，”她说，“不过两种语言很像。为什么问这个？”

“我碰到的那位馆长说的是我不懂的语言。”

“我碰到的也是这样，”她说，“他们有好几个绕着我转圈，搜走我身上的东西，然后把一份清单跟几张食物标签抢走。接着，他们就离开了，只留下我们后面那个。他一直用那种听起来很讨厌的语言说话，讲得又快又含糊，一直到我被困住以后，他才开始讲纳哈拉语。”

我又看了图书馆员一眼。*他们会用陷阱，我心想。不是会害死人那种，而是会缠着人不放的陷阱。他们会让所有进来图书馆的人分散开来，让大家独自在迷宫般的走廊里转圈，迷路。他们明明会说英语，却故意使用我们听不懂的鸟语。*

这一切只是为了使人心烦意乱。那些图书馆员想让我们沮丧，这样我们就会放弃自我，被迫用灵魂去交换他们推荐的书。

“那么，”芭斯蒂说，“我们最初的计划呢？”

我耸了耸肩。“为什么问我？”

“因为你是队长啊，史亚克。”她叹了口气。“你到底有什么问题？你一会儿很乐意给大家指令，一会儿又抱怨自己不想做领队。”

我没回答。老实说，我当时也是满脑子糨糊。

“怎么样？”她问。

“首先，我们还是先去找卡兹、莉雅和你妈妈。”

“你们为什么要找我？”卡兹问。“我就在这里啊。”

我和芭斯蒂被吓了一跳。没错，他就在我们身边，头上戴了圆顶礼帽，身上穿着耐用材质做成的外套，双手插在口袋里，调皮地冲我们笑着。

“卡兹！”我说，“你找到我们了！”

“你们迷路啦！”他耸了耸肩。“在我迷路时，找人的任务对我来说易如反掌，因为从理论上来说，我们的处境相同。”

我皱紧眉头，想试着揣摩他这段话。卡兹在四周转了一圈，看看柱子与拱门。“跟我想象的完全不一样。”

“真的吗？”芭斯蒂问。“这里倒是跟我想象的差不多。”

“我以为他们会用更好的方式来珍藏这些卷轴和书籍。”卡兹说。

“卡兹，”我说，“你找到了我们，对不对？”

“呃，我刚刚说的你都没听进去吗，笨小孩？”

“你也能找到莉雅吗？”

他耸耸肩。“我可以试试，不过我们得小心点儿。我刚才差点掉进陷阱里了。我碰到一根引线，结果一个大铁箍就从墙上甩出来抓我。”

“后来呢?” 芭斯蒂说。

他笑了。“它从我的头上飞过去啦。‘矮个子优异定律’第十五条就是这么说的,芭斯蒂,矮个子是比较小的目标!”

我只能无奈地摇摇头。

“我在前面探路,” 芭斯蒂说,“注意有没有引线。你们两个就跟在后面吧。我们每到交叉路口,卡兹就使用天赋来决定该往哪里走。希望他的天赋能带我们找到莉雅。”

“听起来是个不错的计划。” 我说。

芭斯蒂戴上她的战士镜片,开始小心翼翼地在走廊上摸索着。卡兹跟我站在原地,没什么事好做。

我突然想起一件事。“卡兹,” 我说,“你花了多久时间才学会运用天赋?”

“哈!” 他说,“按照你的逻辑,好像我的天赋是后天学来的啊,孩子。”

“可是你比我更会运用自己的天赋啊。” 我回头往已经成为瓦砾堆的柱子那里瞟了一眼。虽然我们已经走了一段距离,但还是看得见那团混乱。

“我承认,天赋是很难操控的。” 他边说边顺着我的目光看过去。“那是你的杰作?”

我点点头。

“其实呢,我是因为听到柱子倒塌的声音才知道你们就在附近啦。有些时候,你以为自己做错了事,但结果却是因祸得福呢。”

“我知道,不过我还是很困惑。每次我以为自己已经懂得如何使用天赋时，就会弄坏我并不想弄坏的东西。”

他靠在走道边的一根柱子上。“我明白你的意思啦，小亚。我跟你这般年少时几乎都是在迷路中度过的。大家都不放心让我一个人去厕所，因为我很可能会跑到墨西哥去。由于我实在搞不清楚该怎么运用这种可恶的天赋，有一次还连累你父亲跟我一起困在无人岛上长达两周呢。”

他摇了摇头。“我的重点是，越强大的直觉就越难控制。你跟我，还有你父亲跟爷爷，我们都拥有最厉害的天赋。这些天赋都位于印卡纳轮之上，是非常原始纯粹的力量，所以注定会给我们带来很多麻烦。”

我歪着头。“印卡纳轮?”

他似乎很惊讶。“没人向你解释过?”

“我只跟爷爷讨论过天赋的事。”

“难道学校也没教吗?”

“哎呀……没有。”我说，“我上的是图书馆员的学校啊，卡兹。不过，我倒是听过很多关于经济大萧条的事。”

卡兹哼了一声。“又是奇幻书籍。那些图书馆员真是的……”他叹了口气，蹲在地上，然后抽出一根手杖。接着他从角落抓了一把土，撒在地面，在上面画了个圆圈。

“好几个世纪以来，咱们家族的成员一直很多，”他说，“因此天赋也有很多种。从长远的角度来看，有许多天赋的力量都很相似，总共可以分为四种：空间、时间、知识、物质世界。”他画完圆圈，又分成四块。

“以我的天赋为例，”他继续说，“我能改变空间里的事物。我会迷路，然后又找到新的路。”

“爷爷呢?”

“时间,”卡兹说,“他能延迟事物。而莉雅的天赋能改变物质世界,以她来说,她会改变自己的形象。”他在轮子上写下她的名字。“她的天赋很明确,并不像你爷爷的那么模糊。比如,在几百年以前,有位史麦卓家族中的人能够随时让自己变坏,只要他想这么干,不必非得等到早上醒来才行。其他人还能改变别人的外表,不只是自己的。你懂吗?”

我耸耸肩。“应该懂了。”

“越纯粹的天赋,力量越大。”卡兹说,“你爷爷的天赋非常纯粹,他能在许多不同的状况下操弄时间。你父亲跟我的天赋很像,我会迷路,而你父亲会弄丢东西,这两种天赋能应用的范围都很广。兄弟俩的天赋往往相仿。”

“那么小唱的天赋呢?”我问。

“跌倒。我们把这称做知识性天赋,他懂得用超能力做出很平常的事,但他的天赋跟莉雅差不多,都没什么变通的空间。因此,这种力量的位置靠近圆圈的边缘。而我父亲的天赋非常强大,是靠近圆圈的中心部分。”

我缓缓点着头。“所以……这跟我有什么关系?”

芭斯蒂回来了,她饶有兴味地看着我们谈话。

“呃,这很难讲。”卡兹说,“听起来对你可能会有点难懂哦,孩子。有些人认为破坏天赋只是能改变物质世界的力量,但这种力量能运用的范围很广,威力也更强大。”

他看着我的眼睛,然后用手杖指着圆圈的中心。“有些人却觉得破坏天赋不只是这么简单而已,它似乎能影响四个领域。除了你以外，历史上还有另外两个人拥有破坏天赋，根据传说，其中一位曾经破坏时间及空间，制造了一个不受时空影响的小泡泡。

“其他的纪录也将破坏天赋视为很了不起的力量，它能破坏人们的记忆，也能破坏人们的能力。这种力量到底能‘破坏’什么？你可以改变什么？你的天赋究竟能发挥到何种程度？”

他举起手杖指着我。“总之呢，孩子，这就是为什么你很难控制天赋。老实说，我们研究史麦卓家族的天赋好几百年了，却还是无法完全理解它们。我不知道我们有没有办法弄清楚，但你父亲还是很热衷于找出答案。”

卡兹站起来，拍拍手里的灰尘。“我猜这也正是他来这里的理由。”

“你怎么知道这么多？”我问。

卡兹一副不容置疑的样子。“什么？你以为我只会背诵诙谐风趣的矮个了优异定律，或在上厕所时迷路吗？我可是有工作的哦，孩子。”

“卡兹阁下是位学者，”芭斯蒂说，“专攻神秘玄学。”

“帅呆了，”我翻了个白眼。“又是一位教授。”继爷爷、小唱、昆汀之后，我几乎以为所有住在自由国度的人都有某种学位。

卡兹耸耸肩。“这就是史麦卓家人的风格啊，孩子。我们都对情报跟资料很有兴趣。总之，你父亲是位真正的天才，而我只是个太普通级别的学者。芭斯蒂，前面的路况如何？”

“安全，”她说，“没发现机关。”

“很——好。”他说。

“你好像有点失望。”

卡兹耸了耸肩。“破陷阱、闯关可是很有趣的游戏呢，它们总是会带来意外惊喜，有点像生日礼物那样。”

“只不过这种礼物可能会害死你。”芭斯蒂冷冷地咕哝道。

“这也是乐趣嘛，芭斯蒂。”

她叹了口气，透过太阳眼镜瞪了我一眼。她似乎想这么说——*史麦卓家族的人，全都是一个毛病*。

我对她笑笑，然后点头示意开始行动。卡兹带路走了几步之后，我注意到有两个图书馆员正忙着复制卡兹在地上画的图画。我转回来，发现另一个图书馆员就飘在我身边，吓了我一跳。

“印卡纳人知道史麦卓家天赋的事，”图书馆员低语道。“我们这里有一本书，是他们在几千年之前写的哦，里面清清楚楚记载了天赋的神秘来源。这书在现今世上只剩两本，其中一本就在我们这儿。”

他飘近我。

“你可以看，”他低语道，“你想看的话，就借这一本吧。”

我哼了一声。“我才没那么好奇哩。我才不会笨到用灵魂跟你交换我永远用不上的垃圾书。”

“哎呀，说不定你能用得上哦。”图书馆员说，“要是你弄懂了自己的天赋，事情会变得怎么样呢，年轻的史亚克？或许你会有足够的能力从我们这里获得自由？取回你的灵魂？破坏我们的囚牢……”

我犹豫了。这种想法虽然疯狂得吓人，倒还有些道理。也许我能够用灵魂交换，然后从那本书中学到获得自由的方式。“这有可能吗？”我问，“有人在被变成图书馆员之后还能重获自由？”

“任何事都有可能的。”他低声说，然后用喷火的眼眶看着我。“你何不试试看？你可以学到很多哦。那些都是几千年来人们梦寐以求的宝贵资料。”

图书馆员的这项诡计确实让我犹豫了一会儿，思考用灵魂交换神秘理论的可能性。

不过我很快就恢复了理智——*我连现在这种程度的天赋都控制不好，怎么可能超越其他人，单凭天赋击败古老而又力量强大的亚历山大图书馆的那帮老不死的图书馆员？*

我呵呵笑了起来，然后摇摇头，让图书馆员一脸失望地离开了。接着我加快脚步跟上芭斯蒂和卡兹。卡兹走在前面，像之前那样带着我们走，让他的天赋带领我们去找莉雅，理论上而言是这样的。

没错，走着走着，我看见身边堆的卷轴改变了，我发誓是真的。这并不是说那些东西改变了外表之类的，但要是我看着其中一堆卷轴，然后再回头看，我会无法分辨那到底是不是同一堆。卡兹的天赋能带领我们穿越走廊，而且察觉不到变化。

我突然想到一件事，大声叫道，“卡兹？”

他转过来看我，露出一副很生气表情。

“呃……你的天赋让我们迷路了，对吗?”

“对啊。”他说。

“所以，我们虽然感觉是在一条走廊里前进，但其实是在图书馆里穿梭，不断地跳到各个方位。”

“你猜对啦，孩子。我得承认，你比外表看起来要聪明点。”

我皱着眉头。“那么，我们让芭斯蒂在最前面侦查到底有什么用？你一使用天赋时，我们不就离开原来的地方了吗?”

卡兹愣住了。

就在这个时候，我听见后方传来喀哒声。我低下头，惊讶地发现自己踩到了一根引线。

“哎呀，蝶形螺母啊。”卡兹咒骂着。

第 11 章
Chapter Eleven

我得为上一章所写的开头向各位道歉。我的目标是要写出一本无聊到极点的书，因为要是我在书里说了什么重要的话，说不定又会让人们对我更加崇拜或尊敬。因此，我希望你们能帮我个忙，去找剪刀，然后把接下来的几个段落剪下，粘在上一章的开头。这样，你们以后就不会再看到那几段像微博上的评论文章了。

准备好了吗？开始。

从前有一只小兔子，这只小兔子办了一场生日晚会。这是他有史以来最棒的生日晚会。因为在那一天，小兔子得到了一只火箭筒。

小兔子超爱他的火箭筒，他炸毁了农场里的所有东西。他轰掉了小马玛丽住的马棚，他炸掉了小猪朱利住的猪圈，他炸掉了小鸡姬莉住的鸡舍……

“这真是有史以来最棒的火箭筒了。”小兔子说。他那些农场上的朋友一直揍他，把他打昏，这是他生命中最快乐的一天。

结束。

尾声：没有猪圈可归的小猪朱利很生气。他趁大家没注意的时候偷走了火箭筒。他在头上绑了条大头巾，发誓要为这件事复仇。

“从今天起，”他低声说，然后举起火箭筒。“我的名字就叫蓝波？”

这样就对啦，我感觉好多了。现在各位都已经提起精神，也确定自己没读错书了，所以我们可以继续回到故事里了。

我战抖着，低头盯着脚下的引线。“那么，”我抬头看芭斯蒂，“这会不会触发什么——”

“嘎！”

就在此时，头上的天花板脱落，然后有差不多上千桶的烂泥朝我们倾倒下来。我想躲开，可是一切都太迟了，就连超级机灵的芭斯蒂也躲得不够快。

那像柏油的东西盖住了我们。我想大喊，可是嘴巴吃进了这种又黑又刺鼻的物质，因此只能发出啵啵声。这东西的味道还真难以忍受，有点像香蕉，又有些像沥青，而且更像是沥青。

我用力挣扎却徒劳无功，而且这团黏糊糊的东西还突然变硬了。我的姿势被固定住了，一只眼睛睁开，另一只眼睛闭着，嘴巴里塞满了硬硬的沥青，不过幸好鼻子没被堵住。

“这下可好了。”芭斯蒂说。我很勉强才能看得见她，她就在离我不远处的烂泥下，被固定成准备奔跑的雕像。想到要遮住自己的脸。因此眼睛嘴巴都没事，但她的手就黏在额头上了。“卡兹，你也被沥青固定住了吗？”

“是啊。”一阵沉闷的声音说，“我想让自己迷路，但没办法。我们本来就迷路了。”

“史亚克？”芭斯蒂问。

我的鼻子发出咕哝声。

“他看起来没事，”卡兹说，“只不过他目前没办法发挥口才了。”

“说得好像他口才很好似的。”芭斯蒂边说边挣扎。

真是够惨了，我生气地想，然后朝这团黏糊糊的东西使出天赋的力量。结果一点用也没有。可惜，史麦卓家族的人的天赋对很多东西都没法发挥作用。

几位图书馆员从地板上滑行过来，看起来很是得意的样子。“我们能提供一本教你们如何逃脱的书哦。”其中一个说道。

“你们一定会觉得这很有趣的。”另一个说。

“有趣你们个大头鬼啦。”芭斯蒂怒气冲冲地咒骂，她再度试着挣脱，发出了一声闷哼。然后除了下巴之外，她整个身子还是动弹不得。

“这算是什么提议？”卡兹问。“我们这样根本没办法读书嘛！”

“我们很乐意朗读给你听，”又一位图书馆员说，“这样你们就能在灵魂被取走之前知道怎么逃脱了。”

“而且，”另一位说，“你有很多的时间来学习。这对身为学者的你一定很有吸引力吧。你可以跟图书馆里的知识待在一起，要查阅什么都有。”

“这样也永远无法离开了，”卡兹说，“永远囚在这个地方，还得去怂恿其他人掉进陷阱。”

“你哥哥就认为这种交易很值得哦。”其中一个低语道。

什么！我心想。**爸爸！**

“你说谎，”卡兹说，“史提卡才不会上你们的当！”

“我们无须骗他，”另一个边说边飘到我附近。“他是自愿来的，目的只是为了一本书，一本非常特别的书。”

“什么书?”芭斯蒂问。

图书馆员们安静下来，骷髅头骨露出笑容。“你愿意用灵魂来交换这个答案吗?”

芭斯蒂开始咒骂，然后继续用力挣扎起来。图书馆员们移动到她身边对她说话。我的镜片告诉我，他们讲的是古希腊语。

要是我能拿到暴风镜片就好了，我心想。也许我就可以将口里这团黏糊糊东西吹走一些。

不过，我连动动手指都没法办到，更别说要伸进口袋掏镜片了。

要是我的天赋能起作用就好了！我集中精神，憋足全身的力量向黏团释放，但还是毫无动静。

我突然想到一件事。这团东西不怕我的天赋，但如果是下方的地板呢？于是我集中天赋的力量，往下释放。

我绷紧身体，感觉到能量有如脉冲通过身体，从脚下传出。我的鞋子坏掉、橡胶脱落，帆布也散开了。我感到下面的石头地板碎裂了。然而，这样还是没用，因为我的身体还是被这团东西紧紧包裹着。地板塌了，但我并没有跟着掉下去。

离我最近的幽灵转过身来。“你确定你不要那本关于天赋的书吗？年轻的眼镜侠？也许它能帮你获得自由哦。”

专心点，我在图书馆员们围着芭斯蒂胡搅蛮缠的时候心想着。*他们说有本书能教人如何逃出这团黏东西。嗯，这就暗示肯定有办法可以离开。*

我继续挣扎，不过很明显并没有用。如果单靠肌肉的力量就能挣扎，那么芭斯蒂一定早就比我先解放出来。

因此，我将注意力转到这团东西上。我能发现它的特性吗？我嘴巴里的东西似乎比身体周围的还软。为什么会这样？或许是口水的缘故？也许这种黏糊糊的东西保持湿润就不会变硬。

我开始分泌唾液，想让唾液接触黏团。口水从我嘴巴涌出，碰到了我面前的黏团。

“呃……史亚克？”芭斯蒂问，“你还好吧？”

我试着发出咕哝声让她知道我没事。不过我发现，要一边流口水一边发出咕哝声还真是件非常困难的事。

几分钟之后，我得到了一个令人不愉快的结论，那就是黏团并不会被口水分解。而且不幸的是，现在的我不只被一团变硬的黑色沥青堵住，我衣服的正面还沾满了口水。

“灰心了吧？”一位图书馆员边绕着我打转边问，“还想挣扎多久？你不用开口回答。如果你愿意交换灵魂来解脱，就眨三下眼吧。”

我用力睁大眼睛，结果眼珠子开始变得很干涩，这跟我变湿的衣服比较起来还真是另一种不爽。

那位图书馆员看起来很失望，不过还是继续走来走去。*为什么要用这么麻烦的方式劝诱我们？*我纳闷着。*我们等于是任他们处置啊。为什么不杀掉我们？为什么不直接夺走我们的灵魂？*

我为此考虑了一会儿——如果他们没这么做，那就表示他们不能这么做，也就是说，他们受到了某种规则之类的限制。

我的下巴酸了，在这种时候想这种事好像有点奇怪。我全身都被固定住，而我竟然在担心自己的下巴？这是因为它没像我身体其他部位一样被黏得紧紧的吗？不过，我已经确定了。我嘴巴里的黏团并不像外面的那么硬。

于是，无计可施的我咬下去，咬得很用力。令人惊奇的是，我的牙齿切断了黏团，那一大块东西就这么滑进了我的嘴里。突然之间，这整团覆盖住我、芭斯蒂、卡兹三个人的东西跟地板一起震动了起来。

*怎么回事？*我心想。我口里咬下的东西又变成了液体，而我在被迫吞下时还差点噎住。我面前的黏团往后退了一点，而且我还看得见它在扭动，就好像……整团东西是一只活着的动物。

我打了个战。不过，我也没什么选择的余地了。由于黏团退离了我的脸，使我的头有了活动空间，于是我猛然向前又咬了一口。黏团剧烈地抖动起来，退得更远了。我往前倾，吐掉口中的那块味道像沥青做的香蕉之类的东西，再咬下一大口。

所有黏团从我身上完全脱离了，像是被踢得落荒而逃的狗一样。这个比喻很贴切，所以我便又踢了它一脚。

黏团抖动着，然后也从芭斯蒂跟卡兹身上逃开去，从走廊上逃跑了。我吐掉几口口水，它的味道让我露出恶心的表情。随后，我瞪着馆长们。“你们应该好好训练手下设计陷阱的本领哦。”

他们看起来并不高兴，不过卡兹倒是笑得很开心。“孩子，我还真想让你加入我们矮个子协会呢！”

“谢啦。”我说。

“当然，我们得切掉你膝盖以下的部分哦。”卡兹说，“但这代价不算什么！”他冲我眨了眨眼。我相信他也只是开个玩笑。

我摇了摇头，避开我用天赋在地上弄出的洞。由于我的鞋子几乎都穿不住了，因此我干脆把它们踢掉，光着脚走了出来。

不过，我救了大家。我转过身，对着芭斯蒂笑。“哎呀，我猜这是我第二次把你从陷阱里救出来喔。”

“噢？”她说，“那么我们要不要也开始计算你害我掉进几个陷阱呢？这次又是谁踩到机关的？”

我被她说得无言以对，脸刷地红了。

“任何人都有可能会踩到啦，芭斯蒂。”卡兹走过来说道。“从刚才的有趣程度看来，我开始觉得我们最好还是别再碰到任何机关了。我们得更小心点才行。”

“你也这么认为？”芭斯蒂冷冷地说，“问题是，如果你用天赋带领我们，我就没办法探查前方的路。”

“那么我们只好更谨慎了。”卡兹说。

我低头看着机关处的引线，想起可能会遇上的危险。*我们可不能一直踩到机关，谁知道下次我们能不能安然脱身？*

“卡兹，芭斯蒂，等一下。”我伸手进口袋掏出镜片。这次不是暴风镜片，而是爷爷在外面留给我的辨认镜片。

我一戴上之后，附近所有东西全都开始发出微弱的光芒，显示出它们的年纪。我低头一看。没错，引线比旁边的石头或卷轴还要亮得多，也就是说它比整栋建筑要新。我抬起头，露出笑容。“我想我找到解决的办法了。”

“那是辨认镜片吗？”芭斯蒂问。

我点点头。

“以最高级的沙之名啊，你怎么会有那种东西？”

“是爷爷留给我的，”我说，“就放在图书馆门口，还附着一张纸条。”我皱起眉头看着图书馆员。“说到这个，你们是不是有东西该还我啊？”

图书馆员们面面相觑。接着，其中一位上前，露出了愠怒的表情。这个幽灵弯下腰，把一些东西放在地上：我衣服上的标签、口香糖包装纸、爷爷的纸条，这些全都是山寨本。就连我给他们的纸钞都有山寨本，而且复制得很完美，只不过都是黑白的。

还真是棒极啦，我心想。但我大概也不需要这些东西了。我弯腰去捡，看见它们全散发着明亮的光芒，显示它们都是全新的。芭斯蒂拿走纸条，皱着眉头看完之后，再

递给卡兹。

“这么说，你父亲真的就在这里。”她说。

“没错，看来是这样的。”

“然后……图书馆员宣称他已经放弃了灵魂。”

我沉默下来。*他们照我的要求把东西递给我，*我心想，*而且还劝我们交出灵魂，不是用强夺。他们一定受到了某种规则的限制。*

我早就该弄懂的。各位要知道，一切事物都有限制规则。社会上有法律，自然界有规律，人们也是。社会上的许多规范都跟人们的预期有关（这点我在后面会谈到），因此能够改变。然而，自然界法则大多都是不容变通的。

这种法则比你们所预料的还多。事实上，就连这本书也跟一些自然法则有关，比如我最喜欢的“就是棒”法则。当然，根据这项法则，我写的任何书就是棒。我很抱歉，但这是事实。

我哪能违背法则呢？

“你，”我看着一位图书馆员说，“你们受到规则限制，对不对？”

图书馆员愣了一会儿，最后终于回答了。“对，你想要读吗？我能给你一本详细介绍规则的书哦。”

“不，”我说，“不用，我不想看。我只想听。”

图书馆员皱起眉头。

“你一定得告诉我吧？”我笑着说。

“这是我的荣幸。”图书馆员说完，也开始露出笑容了。“当然，我得用这些规则原来的语言叙述给你听。”

“我们为你竟然会说古希腊语感到吃惊，”另一位图书馆员说，“你是有备而来的。这些日子里已经很少人会这么做了。”

“可是呢，”另一位低声说，“你未必会说古法斯德里安语。”

说古希腊语……我疑惑地想着，最后突然想通了。他们不知道我有翻译镜片！因为我从一开始就听得懂他们的话，所以他们以为我一定会说这种语言。

“噢，那可不一定。”我漫不经心地说，同时取下辨认镜片，换上翻译镜片。“试试看吧。”

“哈。”其中一位馆长讲出一种非常古怪而陌生的语言，大部分字句都很像吐口水的声音。不过，翻译镜片一如往常地为我将这些话转换成了英语。

“就告诉他规则吧。”另一位图书馆员嘶嘶地说。

我面前的图书馆员开始说：“第一，如果有人带着书写资料进入我们的领域，我们要将他们分开，要求他们将书写资料交出来。如果他们拒绝，我们还是可以拿走书写资料，但是我们必须归还这些资料的复制品。我们可以持有这些资料一个钟头，如果对方未要求取回，我们就能将资料留下来。

“第二，我们可以取走来访者的灵魂，不过只能在对方全自愿时这么做。我们可以逼迫他们，但不能强夺。

“第三，我们可以接受或拒绝对方所提出的交换灵魂合约。一旦合约签署完成，我们必须提供对方所要求的特定书籍，并不得在合约中规定的时限之内取走灵魂。所谓的时限最多是十个钟头。如果有人未签署合约就直接从架上取书，我们就可以在十秒钟之后取走对方的灵魂。”

我打了个冷战——无论十秒钟或是十小时，区别似乎不大，反正最后一定会丢掉灵魂。当然，根据我的经验，世界上只有唯一一本书值得你们用灵魂来交换，那就是你们现在手上拿的这一本。

我收信用卡哦。

“第四，”馆长继续说，“我们不能直接伤害来访者。”

所以才会设陷阱，我心想。*从技术上来说，我们触发了陷阱，就等于自己伤害自己*。我还是装成一副茫然的样子，假装听不懂他们说的半个字。

“第五，如果有人放弃灵魂而成为图书馆员，我们必须将他们的所有物交还给他们的亲戚，不过前提是他们的亲戚要来图书馆向我们提出这项要求。

“第六条是最重要的规则。我们要保护知识与真相，所以如果有人提出恰当的问题，我们不能说谎。”

馆长说完后便安静下来。

“就这样？”我问。

要是你们从没看过一群眼窝里喷着火的不死馆员被吓得跳到半空中……好吧，我就假设你们从没看过一群眼睛着火的不死馆员被吓得跳到半空中好了。总之，这种情景或许有点令人毛骨悚然，但看起来还是很有趣。

“他会讲我们的语言！”其中一位用腹语说。

“不可能啊，”另一位争辩道，“图书馆之外没有人会讲的。”

“他会不会是萨兰德斯?”

“如果是的话，他应该几千年前就死啦!”

芭斯蒂跟卡兹看着我，而我冲他们眨了眨眼。

“是翻译镜片!”有位馆员突然说，“你们看!”

“不可能，”另一个说，“没人收集得到足够的拉希德沙子啊。”

“可是他真的有……”第三个馆长说，“没错，那一定就是拉希德镜片!”

这三个鬼魂看起来惊讶无比。

“怎么了?”芭斯蒂压低声音问。

“等一会儿再告诉你。”

依照馆员的规则，只有一个办法能查出我爸爸是不是真的来过亚历山大图书馆，并且放弃了灵魂。“我是史提卡的儿子，”我对他们说，“我是来取回他的所有遗留物件的。根据规则，你们必须把东西交给我。”

一阵沉默。

“我们做不到。”其中一位图书馆员终于开口答道。

我松了口气——*要是我爸爸真的来过图书馆，那么他并未放弃灵魂；这些图书馆员并没有他的私人物品。*

“我们做不到。”同一位图书馆员又说了一次，骷髅牙齿开始扭曲成一副邪恶的笑容。“因为我们已经把东西交出去了。”

我震惊不已。*不，不可能!*“我不相信你。”我低声说。

“我们不能说谎，”另一个馆长说，“你父亲来找我们，而且将灵魂出卖给我们了。他只要求三分钟的时间来读一本书，然后就变成我们中的一员了。他的个人物品已经被取走了，而且就在今天。”

“是谁?”我问，“谁拿的? 我爷爷吗?”

“不，”馆员的笑容更开心了。“是夏丝塔，你的母亲。”

第12章

Chapter Twelve

我想为上一章的开头向各位致歉。我突然想到，尽管我偶尔胡言乱语一番，但在这本书里真不应该浪费时间去描写那些像是无聊的山村野狗，无论他们到底有没有火箭筒都一样，这么做实在是太蠢了。由于我非常憎恨愚蠢，所以我要请你们帮一个忙。

翻回前两章，现在那里的开头应该是小兔子故事（你们已经从十一章剪下这个故事，贴在第十章了吧），把同一个故事再剪下来，然后去找一本珍·奥斯汀所写的书，将故事贴进去。这样才对，因为珍很喜欢小兔子跟火箭筒，至少我是这么听说的。至于为什么一位生活在19世纪的淑女会喜欢这些东西，那完全是另一个故事了。

我往前走，一边低头看着前方是否有引线。我把翻译镜片小心放回口袋，换上辨认镜片了。

我从未见过爸爸，满心期望这次飞越大半个地球能找他，现在却开始接受事实，相信他可能死掉了，或者比死掉更惨。如果馆长说的是实话，那么史提卡的灵魂已经被骗去成为亚历山大图书馆的幽灵馆员了。我再也没有机会见到他了，连见一面都不可能了——爸爸不在了。

另一件令我同样不安的事——我妈妈就在这地下墓穴的某处。我从以前就称呼她为传来琪女士，不过她的真名是夏斯塔。（她跟大多数图书馆员一样，名字跟一座山一样。）

传来琪女士，或者该叫夏斯塔，管她叫什么名字，总之她是我在哈嘘国当养子时负责关照我的社工人员。她对待我的方式一直很严厉，从未暗示过我她是我的生母。她跟那个想追杀我的半人半怪书籍骨头是什么关系呢？她怎么会知道我爸爸到亚历山大图书馆来？如果她发现我在这里，会有什么反应呢？

前面地上有个东西在发光，比它附近的石头还要亮。

“停下来，”我话一说完，芭斯蒂跟卡兹被定住了。“那里有条引线。”

芭斯蒂跪在地上。“果然有。”她用赞赏的语气说。

我们小心翼翼地从引线上方跨过，继续前进。在上一个小时的路程中，我们逐渐远离了卷轴区，不时走进两旁满是书架的走廊。这些书安稳地坐落在架上，看起来非常陈旧，皮革封面上还有裂痕，不过很明显还是比卷轴要新一些。

在这里能找到所有书。那么，此地的某处会不会有一个摆满了平装版本的青春言情小说的房间？这个想法令我觉得很想笑，但我不确定是什么原因让我突然想起这个问题。图书馆员们宣称要搜集知识，对他们而言，书里有什么故事或真相都不重要，反正他们就是会搜集起来，储藏好，保护知识的安全。

想到受哄骗用灵魂交换垃圾言情小说的人，我就感到十分遗憾又好笑。

我们继续朝前走。理论上，卡兹的天赋正带领我们去找莉雅；但对我来说，我们似乎只是漫无目的地四处游荡。从他天赋的本质看来，这大概算是好现象吧。

“卡兹，”我说，“难道你不认识我妈妈?”

他看着我。“当然认识。她可是……呃，是……我的大嫂。”

“他们没离婚吗?”

卡兹摇头。“我不清楚发生了什么事，不过，他们显然不是很和谐。你父亲将你送到寄养家庭，而你母亲负责照料你。”他想了一会儿，然后又摇摇头。“我们都曾在场替你取名哦，小亚。你父亲就是在那天宣布要把拉希德沙子交由你继承的。然而，我们到现在仍不确定，他到底是怎么在对的时间跟对的地点，把东西交到你手上的。”

“预知镜片。”我说。

“他竟然有那种东西?”

我点头。

“胡桃果啊！应该只有住在范泰特的预言家才拥有这世上唯一一副啊。我真想知道史提卡从哪里弄到那种宝贝的。”

我耸了耸肩。“他是在寄给我的信里提到这种镜片的。”

卡兹若有所思地点点头。“嗯，你父亲在你满月庆祝晚宴几天后就消失了，所以我猜他没时间办离婚。你母亲是可以提出离婚要求，不过她其实也没这么做的动机。毕竟她可是会推测天赋的。”

“什么？”

“她的天赋啊，小亚，”卡兹说，“她是史麦卓家的人。”

“但她是嫁过来的啊。”

“那不重要，”卡兹说，“只要婚姻成立，无论是娶了或嫁给史家的人，都能得到跟配偶一样的天赋。”

我一直以为天赋是遗传的，是经由父母传给孩子，就像肤色那样。然而，这事是否表示天赋跟遗传并不太一样。这也算又学到了一样新东西。

有些事因此变得更合理了，我心想。*爷爷说他担心我妈妈只是为了天赋才嫁给爸爸的*。我以为她是受到这项天赋的吸引，就像有人是为了摇滚巨星的吉他技巧才嫁给他。不过，这听起来不像我妈会做的事。

她想要一项天赋。“那么，我妈妈的天赋是……”

“弄丢东西，”卡兹说，“就跟你父亲的一样。”他笑着说，眼神也闪烁着。“我不认为她知道该怎么利用这项天赋。她是图书馆员，只相信秩序、书单和目录。要想好好运用天赋，可得让自己暂时失控才行哦。”

我点点头。“你怎么想？我指是他娶她的时候。”

"我觉得他是个笨蛋，"卡兹说，"而我也这么提醒他，毕竟劝告他是身为弟弟的责任。不过，那个顽固的家伙还是娶了她。"

跟我预料的差不多，我心想。

"可是，史提卡似乎很爱她。"卡兹叹了口气。"而且，老实说，她也不像许多图书馆员那样坏。有一段时间，他们似乎真的相处得很融洽。接着……就在你出生后，一切都变了。"

我皱起眉头。"但她从头到尾都是图书馆的特务，对吧？她只是想得到爸爸的天赋而已。"

"不少人是这么说的。不过，她又好像真的很在乎他。我……呃，我也说不清楚啦。"

"她一定是假装的。"我倔强地说。

"如果你坚持的话啦，"卡兹说，"但我认为你可能会让偏见蒙蔽了思考哦。"

我摇头。"不。我才不会这样。"

"噢，你不会吗?"卡兹笑着说，"那好，我们做个实验。你何不向我描述一下你爷爷是什么样子。假装我不认识他，而你想向我介绍这个人。"

"好吧，"我缓缓地说，"爷爷是位厉害的眼镜侠，他有一点古怪，却是自由国度最重要的大人物之一。他的天赋是总是迟到。"

"很好，"卡兹说，"现在跟我谈谈芭斯蒂吧。"

我看看她，而她随即恶狠狠地瞪了我一眼。"呃，芭斯蒂是位水晶人。我想我只能说到这里，免得她拿东西砸我。”

“这样也不错了。莉雅呢?”

我耸耸肩。“她的注意力似乎不太容易集中，不过是个好人。她是位眼镜侠，拥有史麦卓家族中的某项天赋。”

“好，”卡兹说，“现在换描述我了。”

“呃，你是矮个子，然后——”

“停。”卡兹说。

我停下来，疑惑地看着他。

“为什么，”卡兹说，“讲到其他人，你会先提到他们的工作或个性?可是一讲到我，你就会先提到我的身高?”

“我……呃……”

卡兹笑了。“我不是要陷害你啦，孩子。不过这么一来，你应该知道我有时候为什么会不高兴了吧。如果你跟大家不一样，大家就会看你是什么人，而不会看你是怎样的人了。”

我沉默了。

“你母亲是位图书馆员，”卡兹说，“因此，我们往往会先想到她是位图书馆员，然后才想到她的为人。她是图书馆员这个事实蒙蔽了我们所有对她的看法。”

“她又不是好人，卡兹，”我说，“她提议要把我出卖给一位黑暗眼镜侠。”

“是吗?”卡兹问，“她是怎么说的?”

我回想起上次我跟芭斯蒂、小唱潜入图书馆时，我们偷听到了传来琪女士跟布莱本的对话。“其实，”我说，“她什么也没说。是那个眼镜黑客说了‘你也会把那个男孩卖掉，对不对？你真令我惊讶’之类的话。她只是耸耸肩或点点头而已。”

“所以，”卡兹说，“她没有提议要出卖你。”

“她可没有反驳布莱本。”

卡兹摇头。“夏斯塔有她自己的考量啊，孩子。我不认为我们之中有任何人能完全了解她想干什么。你父亲看见了她身上的某种特质。虽然我仍觉得他是笨蛋才会娶她，但就一个图书馆员而言，她其实还不算太坏。”

这番话没说服我。我对图书馆员的偏见，并不是我不信任夏斯塔的唯一原因。她对我一直很严厉，说我一无是处。(我现在知道她是想阻止我使用天赋，怕我会被那些寻找沙子的人发现。) 总之，她是我妈妈，但她却从未提起过这件事，连个暗示都没有。

不过……她自始至终一直陪着我，照顾着我。

我将这念头撇开。她才不值得因为这点受到称赞，她只是希望找机会拿走拉希德沙子而已。沙子一寄到我家那天，她就偷走了。

“……我不知道耶，卡兹。”芭斯蒂说，“我觉得人们会先想到你的身高，主因就是你那份可笑的列表。”

“我的列表才不可笑，”卡兹生气地反驳道，“那可是货真价实科学。”

“哦？”芭斯蒂问，“你不是说‘矮个子比较好，是因为他们花比较长的时间才走到目的地，所以运动量比较大吗’？”

“那一点已经通过临床实验证明了。”卡兹指着她说。

“听起来好像有点夸张呢。”我笑着说。

“你忘了‘矮个子优异定律’第一条，”他说，“别跟矮个子争辩，矮个子永远是对的。”

芭斯蒂哼了一声。“还好你没宣称矮个子比较谦虚。”

卡兹安静了下来。“那是‘矮个子优异定律’第三十六条，”他低声说，“我只是还没提到这点而已。”

芭斯蒂透过太阳眼镜看我，而我也看得出她憋得直翻白眼。总之，我认为卡兹提出的“如何对待别人”的论点很有道理，尽管我并不相信他对我妈妈的描述。我们的人格事实上是由“我们是谁”（指的是我们做了哪些事而成为那些人）决定的。比如说，我会变成一位眼镜侠（这对我而言很有趣），是因为我做了一些跟眼镜侠有关的事（我不可能什么都不做就直接变成一个眼镜侠），而这比我从外表上看起来像不像眼镜侠重要多了。

比如，我用了很多括号来补充说明，这是我这个人的语言习惯。我宁愿大家都记得我爱用括号（超酷），也不希望大家记得我有个大鼻子。我可没有大鼻子哦，你们干嘛这样看我？

“等等！”我伸出一只手。

芭斯蒂愣住了。

“有引线。”我的心脏剧烈跳动，她的脚只差一丁点儿就踩下去了。

芭斯蒂轻轻地往后退开。卡兹则是跪到地上看。“干得不错，史亚克。幸好你有那副宝贝镜片。”

“是啊。”我边说边摘下眼镜擦干净。“我猜是吧。”

我还是很希望自己能有个武器，而不是能让我看见小东西的镜片。给我一把刀不是也很有用吗?

当然，我会这么想，是因为我真的很喜欢刀。只要有机会，我大概能拿把刀切开我的结婚庆祝蛋糕吧。

不过我得承认，这副辨认镜片跟我很有缘。也许我一开始就太看不起这种东西了。我擦好镜片后，体内突然有种感觉。这种感觉很微妙，有点类似消化不良，但并不像食物所引起的。

我摇摇头，重新戴上辨认镜片，带着他们两人跨过引线。接着，我注意到一件更不可思议的事。“眼前还有第二条引线。”

“他们变狡猾了，”芭斯蒂说，“他们猜我们应该会看到这一条，跨过去之后就疏忽了，直接踩中二条。”

我点了点头，瞟了一眼飘浮在我们后方的幽灵图书馆员。我体内的那种古怪感觉愈来愈强烈了。这感觉很难形容，不是恶心，反而让我的情绪觉得有点不安。

“我们得尽快找到莉雅，卡兹。”芭斯蒂说，“已经花了这么多时间，这样正常吗?”

“以我的天赋看来，这很难讲。”卡兹说，“莉雅很可能没有迷路。如果真如此，那么我找到她的时间就会比找到你们的时间长得多，正如我刚才所说，如果我不知道，我的天赋也不会带我去那里。”

听完这番话，芭斯蒂似乎不太高兴。“那么我们或许应该先找出老史理文。”

“依我对他的理解，他不会迷路的。”卡兹摸着下巴说，“要找他更难。”

我几乎没在听他们对话。不安的感觉越来越强烈。这跟我被那个人追杀的感觉不一样，但很相像……

“所以，我们要这样一直走?”芭斯蒂问。

“我猜是吧。”

“不，”我插嘴，然后看着他们。“卡兹，暂时停止你该死的天赋。”

芭斯蒂皱着眉头看我。“怎么了?”

“有人在附近使用镜片。”

“那个书籍骨头在追我们?”

我摇头。“对方用的是普通镜片，不过他用的那种。这表示我们附近有位眼镜侠。”我静下来听了一会儿，然后指着一个方向，“那边。”

芭斯蒂跟卡兹互看了一眼。“去看看吧。”她说。

第 13 章

Chapter Thirteen

我得为上一章的开头道歉，那段太过火了。这本书里道歉的地方实在太多。关于这点我很抱歉。我只是想向你们证明，我是个骗子，不是懦弱的人。

问题是，写作的人根本不知道有谁会读自己的书。我写这本书是为了同时给哈嘘国跟自由国度的读者看，这实在很不容易。再说，单是在哈嘘国度里会看这本书的人，就不知道有多少种了。

你可能是个小男孩，希望能看到冒险故事；你可能是个小女孩，想调查图书馆员大阴谋的真相；你可能是位母亲，因为你的孩子常提这本书而想审核一下内容；你也可能是个专门看书然后找出作者并虐杀的连续杀人狂。

（如果你正好符合上面所提的最后一项，那么你要知道，我的名字不是史亚克，也不是布兰登·桑德森。我真正的名字叫做贾斯·尼区斯，是澳洲最有名的奇幻文学作家，你可以到澳洲来找我。哦，有一次我还侮辱了你呢。你想怎么样啊？）

总之，要将这个故事讲给所有可能会读这本书的人听，真是件头疼的事。所以我决定不麻烦了。我现在要说一件任何人都听不懂的事——法雷格瓦特是快乐的豆苗。

毕竟迷惑可是人类共同的语言啊！

“我感觉在那边。”我指着说。可是，所谓的“那个方向”却是在一整面摆满书籍的墙壁。

“所以……其中一本书是眼镜侠吗？”卡兹问。

我冲他翻了一下白眼。

他咯咯笑起来。“我懂你的意思啦，别老学芭斯蒂那种小女孩的反应了——看来，我们得找路绕过去，另一边肯定有走廊。”

我点点头，可是……镜片的感觉很接近。走到这里之后，我能感应到镜片就在墙的另一边。

我摘下辨认镜片，戴上眼镜侠镜片。这种镜片的主要功能之一，是显示其他眼镜侠的力量。透过镜片，我看见整面墙都散发着明亮的白光，吓得我踉跄后退几步。

“有亮光吧？”芭斯蒂靠近我身边轻声询问。

我点了点头。

“奇怪，”她说，“要让一个区域充满眼镜侠的力量可得花不少时间。也就是说，你感应到的镜片应该在这里待了好长一段时间了。”

“这是什么意思？”我问。

她摇头，“我不确定。你一开始提到时，我以为是你爷爷，因为我们只知道图书馆里有他这位眼镜侠，呃，应该说除了你父亲之外，而他已经……"

我不愿再去想这件事，"应该不是爷爷，他只比我们早进来一会儿。"

"那会是谁呢?" 芭斯蒂问。

我摘下镜片，再次换上辨认镜片。我小心翼翼地走到摆满书的墙跟前，检查墙壁的砖造结构。

没多久，我就发现墙上有块区域比其他地方年代更久远。"那里有东西，" 我说，"我想那儿应该是个秘密通道的暗门之类的。"

"我们怎么打开呢?" 芭斯蒂问，"拉出某一本书吗?"

"我猜是吧。"

一位馆长飘过来。"对，" 他说，"拉出其中一本书，把书拿下来。"

我的手举到一半就停住了。"我才不要拿下来，我只需要摇晃一下就可以了。"

"试试看啊，" 馆长低声威胁道，"无论你拿起一本书或不小心让它掉下来。这都不重要，只要你让书在架上移动几个小时，我们就拥有你的灵魂了。"

我把手收了回来。这个馆长似乎急着想继续吓唬我，要我别碰任何一本书。**看来，馆长们不想让我知道另一边是什么。**

我仔细观察，发现书架与书架之间有空隙，而我的手能够伸进去碰到墙壁。我深吸一口气，靠向书架，尽量小心不要碰触掉任何一本书。

"史亚克……" 芭斯蒂担心地说。

我点点头，慎重地将手放到墙上。*如果我弄坏这面墙，使得书架倒下来，我的灵魂就不属于我了。*

透过辨认镜片，我知道砖墙上的这块区域比墙壁其他部分还旧，也比地板还旧，不管后面是什么，想必是在馆长进驻之前就已经存在了。

我开始释放力量。

墙壁垮了，砖块纷纷从灰土中脱落。我紧张得扶住书架。卡兹冲上前扶住另一边，芭斯蒂则用手压住在架上稍微摇晃的书。馆长们暴躁地看着这个情景，显然我们并没有让任何一本书滑出来，也就不用失去灵魂了。

我擦掉头上的汗。整面墙都塌了，里面确实有个空间。

“刚才那太冒险了，史亚克。”芭斯蒂双手交叉抱在胸前。

“他可是史麦卓家的人啊！”卡兹笑着说。

我看着他们，突然觉得很不好意思了。“总得有人推开那面墙，这是我们唯一能过去的方法。”

芭斯蒂耸耸肩。“亏你之前还抱怨自己不想做决定，结果你连问都没问就这么做了。你到底要不要当领队啊?”

“呃……这个嘛……我……怎么说……”

“很好。”她一边说，一边透过书架的缝隙往里面看。“这番话还真是激动人心啊。卡兹，你想我们过得去吗?”

卡兹从墙上拆下一盏灯。“当然过得去，不过我们可能要推开书架。”

芭斯蒂看看书架，然后叹了口气，帮我把书架拉开了几英寸。幸运的是，我们没弄掉任何一本书，也没有谁因此失去灵魂。搬开之后，卡兹就从缝隙钻了进去。

“哇！”他说。

站在书架另一侧的芭斯蒂跟着钻了进去，我是最后进去的——我觉得他们俩太过分了，因为发现这个秘密通道机关的人是我。不过，我一进入密室之后，所有不愉快的感觉全消失了——**这里是坟墓**。

我看过不少类似《夺宝奇兵》《古墓丽影》之类的电影，所以知道埃及法老的墓是什么样子。这房间正中央部分有一座巨型大理石棺材，周围有几根雕饰精美的黄金柱子。角落里堆了一大堆财宝——金币、纯金灯座、金灿灿的动物雕像，地板似乎也是纯金的。

于是，我做了一件任何“夺宝奇兵”常做的事。我高兴地大叫，然后直接冲向离我最近的那堆黄金，准备大捞一把。

“史亚克，等一下！”水晶人芭斯蒂爆发出惊人的速度，立刻抓住了我的手。

“干嘛啦?”我反感地问道，“你该不会是要跟我说些盗墓或魔咒之类的废话吧?”

“你个傻瓜啊，才不是了。”芭斯蒂说。你看，那些钱币上有字。

我侧过头，她说得没错。每个钱币上都铸有一种奇怪的字体，就我所知并不是古埃及语。“又怎么样?”我问。“这有什么关系……”

我往旁边走，看见那三位图书馆员鬼魅一样直接从那道缝隙处飘进来。

“图书馆员，”我说，“这些钱币也算书籍吗？”

“上面可是写着文字哦，”其中一个回答，“只要有写字，不管纸张、布料或金属都算。”

“如果你想要的话，可以借哦。”另一个飘到我身边奸笑着低语道。

我打了个冷战，看着芭斯蒂。“你救了我一命。我真是欠考虑。”

她耸耸肩。“我是水晶人，这是我们的本职工作。”虽然她嘴巴上这么说，但她走向正在检查大理石棺的卡兹时，看起来似乎对自己更有信心了。

你们要知道，我根本没办法拿走钱币。故事里的情节就是这样——书中的主角们会找到遍地的金币或宝藏，不过他们绝对半毛钱都用不着。反之，他们会遇到下列几种情形：

（Ⅰ）在地震、海啸、火海或其他诡异事件时失去宝藏。

（Ⅱ）虽然将宝藏装进背包，可是背包会在英勇的主角们逃跑的紧要时刻突然崩断背带或撑破背包，最终还是双手空空。

（Ⅲ）用宝藏拯救他们的孤儿院，免除孤儿院被关闭的危机。

总之，作家总是乐于在故事里折腾英雄，已经是连小孩都知道的事情了。为什么？这个嘛，我们会冠冕堂皇地给大家灌输——真正的财富是友谊，或者爱心，或其他虚无的东西。实际上，作者是很卑鄙的人。我们想折磨读者，因此就玩起了隔山打牛的招数，通过折磨我们书中的英雄人物来影响读者。毕竟，只有一件事比“让你们找到黄金又将它夺走”还更令人难受的，那就是告诉了你们真相——至少你们从这个经验里学到了宝贵的一课。

我叹了口气。不去管那些刻满文字的金币了。

“哎呀，别闷闷不乐的，史亚克。”芭斯蒂在房间另一角对我冷淡地挥挥手。“你可以拿那些金条啊，它们上面好似没写字。”

我转身背向她，敲了额头一下，总算恍然大悟，明白这个故事并非虚构的。这是本自传，故事正在上演，绝对的真人真事，这表示我所学到的“宝贵的一课”就是“寻宝”，很酷，很刺激哦。

“好办法！”我说，“馆长啊，这些金条也算书吗？”

馆长们愤怒地战抖着，其中一个生气地瞪着芭斯蒂。“不——算。”他隔了好一段时间才慢吞吞回答。

我开心地笑了，然后开始拿金条塞进背包，然后是芭斯蒂的背包。如果你们好奇的话，没错，黄金就跟大家说的一样重。不过为了财富，累死也值得。

我边把一根金条塞进外套口袋，边问道：“喂，你们对这么多金条无动于衷吗？”

卡兹耸了耸肩。“你跟我是史麦卓家的人啊，史亚克。我们是国王的朋友，是皇帝的顾问，是自由国度的保护者。我们家族极为富有，可以说是要什么有什么。我们之前弄坏的那只沙里麦飞龙的价值可能比大多数人一辈子挣的钱还多呢。”

“噢。”我说。

“而我发誓要过俭朴的清修生活。”芭斯蒂冲我摆出一副厌恶的神情。

“真的吗?”这倒是新鲜事。

她点头。“如果我带黄金回去，最后还是要交到水晶骑士手上，而我现在可不怎么喜欢他们。”

为了她，我还是在口袋里尽可能多塞上几根金条。

“史亚克。快过来看看这个。”卡兹说。

我心不甘情不愿地离开剩下那堆黄金，走过去，身上的黄金还发出碰撞的叮当声，他们站得离大理石棺有段距离，没有靠近。“怎么了?”

“仔细看看这写着什么?”卡兹指着说。

我就着他手上那盏微弱灯光眯眼细看，总算看到他说的是什么了——灰尘，全部悬在空中，静止不动。

“那是什么?”我问。

“我不知道，”卡兹说，“你再仔细看看，石棺周围有个泡泡，里面却很干净，没有灰尘。”

我这才注意到，地上有个大圆圈，围住了棺材，里面的灰尘要不被清干净了，就是滑掉到了地上；圆圈边缘的灰尘都比图书馆内还多。可见这里已经好一段时间没人来过了。

“这个地方有点古怪。”芭斯蒂说，她的双手叉在腰上。

“对啊。”我皱着眉头说，“那些象形文字跟我以前看过的不太一样。”

“你看过很多象形文字?”她一脸疑惑地问。

我脸红了。“我是说它们看起来不像古埃及语。”

这很难解释。墙壁上画满了小图案，应该是用来代表文字的，这很正常。然而，这些图案并不是牲畜或鹰头，而是龙跟大蛇。我也没看到圣甲虫图案，只有奇怪的几何形状，像是某种神秘符号。至于在我们进来的门口上方……

“卡兹!”我指着说。

他转过来看，随即瞪大眼睛。门的上方有雕刻，是一个分成四部分的圆圈，每个部分里都有一个标志。这个图案就跟卡兹不久前在地上画给我看的一样——印卡纳轮。

这个图案的中央也有一个小圆圈跟自己的标志，外围有一个被切成两部分的圆环，两个部分里各有符号。

“可能是巧合，”卡兹缓缓地说，“或许一个分成四份的圆圈，不一定是同一张圆。”

“是同一个。”我说，“我的感觉没错。”

“呃，说不定是馆长弄的，”卡兹说，“他们看到我在地上画的图，复制了起来。或许他们想迷惑我们，所以故意弄在这里让我们发现。”

我摇头。“我还戴着辨认镜片，这个图可是跟坟墓一样老。”

“上面写什么?”芭斯蒂问，“会不会是图的说明?”

我为什么没想到？我再次难为情地想着。芭斯蒂的反应很快，不过也可能是我反应太慢了。我们就别再讨论这个了，忘记这段话吧。

“读那些内容会让我失去灵魂吗？”我问。

我们看着图书馆员。其中一位很不情愿地回答了。“不会，”他说，“你只有在借书或移动书的时候才会失去灵魂，墙上的记号不用借就可以读。”

这很合理。要是这么容易就能取得灵魂，图书馆员们只要弄个标示牌让大家读就行了。

于是我摘下辨认镜片，换上翻译镜片，那些奇怪的符号立刻被解读出来了。

“圆圈内部就跟你画的图一样，”我说道，“里面写着时间、空间、物质、知识。”

卡兹吹起口哨。“胡桃果啊！那就表示建造这个地方的人对史麦卓家族的天赋以及神秘理论很了解。中央那个圆圈里的符号呢？写着什么？”

“毁坏。”我低声说——*正是我的天赋*。

“有趣，”卡兹说，“他们让这种天赋自成一个圈。外面的圆环呢？”

圆环分成两个部分。“一个写着身份，”我说，“另一个写着可能性。”

卡兹若有所思。“典型的哲学问题，”他说，“也就是形而上学。看来我们这位死掉的朋友是位哲学家。合理，毕竟这里就在亚历山大城附近。”

我没注意听他说话，而是转过身，琢磨了一会儿，然后开始读墙上的字。翻译镜片立即将那些象形字转换成了英文。

我真希望自己没读这些字。

第 14 章

Chapter Fourteen

该上历史课啰。

别抱怨，这可不是冒险故事，而是真实的自传。我可不跟你们逗着玩，而是要指点你们。

印卡纳人（我相信我在上一本书里提过他们）发展出了遗忘之语。在自由国度里，大家都不怎么喜欢他们。毕竟，根据推测，印卡纳人对科技与神奇力量都很了解，可是他们不但没跟世界分享智慧，反而推出遗忘之语。出于某种原因，他们书写的所有的书，都改用这种语言。

没错，他们并不是一开始就用遗忘之语来书写，大家都知道这一点。他们是把自己所有的书全都换成了这种语言，这就有点像……使用加密程序来编辑电脑文件，只不过他们是改变了一切书写形式，无论是写在纸上、金属上或石头上，全都使用遗忘之语。

没有人清楚他们是怎么做到的。这个民族极度进步，绝顶聪明，简直就是超人。我猜，要将一切转换成遗忘之语对他们这种人而言或许并不难吧。他们大概还能点石成金，长生不老，甚至会低温核融合技术，但这并不重要，反正没人看得懂他们留下来的东西了。

当然不包括我——我有翻译镜片。

现在你们应该知道图书馆员为什么要找个半人半怪的刺客来追杀我，然后劫取这副眼镜了吧？

“史亚克?”芭斯蒂注意到我苍白的脸色，突然问道，“怎么了?”

我盯着墙上那堆古怪文字，试着理出头绪。

她推推我的身体。“史亚克?”她又说了一次，然后盯着墙壁。“上面写了什么?”

我又从头到尾读了一遍：

所有来到安息之地的人，请注意!!!

暗黑天赋已经逃脱我们的控制，降临人世了。

我们的欲望使我们变得卑劣。我们希望触碰房屋的力量，将它运用在我们身上。可是我们也带回了预料之外的东西。

千万要注意。好好守护它，而且要小心使用，别依靠它。我们预见过未来，以及最后的结果。要是有机会，它会造成大规模毁灭。

它是印卡纳之灾。它能让一切扭曲、腐坏、毁灭。

暗黑天赋，破坏天赋。

“这个地方很危险，”我低声说，“这个地方非常，非常危险。”

“为什么?”芭斯蒂说，“碎玻璃啊，史亚克。你什么时候才要告诉我上面到底写了什么?”

“拿出纸笔，”我趴在地上。“我要把它抄写下来。”

芭斯蒂叹了口气，照我说的赶紧从背包取出纸笔。卡兹晃过来，很感兴趣地看着我将上面的字抄下来。

“那是什么语言?”我问。“里面提到了印卡纳，但不是用遗忘之语写的。”

“是古纳哈拉语，”卡兹说，“我看不懂，不过我们首都里有几位学者会。印卡纳民族衰败时，有少数幸存者移居到了纳哈拉。”

我一翻译完，三位图书馆员立刻围住了我。

“你必须将身上所有书写资料交给图书馆，”其中一位用气声说，“等我们复制完成以后会将复制品还给你。如果我们来不及在一个小时内复制好，那么就会还你原稿。”

我朝他翻了一个白眼。“哦，有没有搞错啊!”不过我还是让他们将纸条带走了。

芭斯蒂气愤得深锁眉头，因为她看完了我的翻译。“这段话好像把你的天赋说得很危险。”

“没错，”我说，“你知道有多少次我因为在错误的时机破坏东西，而差点丢了小命吗?”

“可是——”她话说到一半就打住了，显然是注意到我并不想再谈下去。

老实说，我不知道该怎么想。单是看到古文写着史麦卓家族的天赋的事就够奇怪了，而且上面还写着要特别注意我的天赋……好吧，是有点令人心神不安。

这就是我未来将面对更多大麻烦的第一个征兆——你们自由人称我为救星；但如果我帮你们处理的问题其实是我造成的，你们还会叫我救星吗？

“等一下，”芭斯蒂说，“我们不是因为眼镜侠镜片才被吸引到这里来的吗？那是怎么回事？”

“对啊。”我站了起来。虽然我因为坟墓里的其他东西而分心，但我还是能感应到它强大的力量。

我取下翻译镜片，换上眼镜侠镜片。由于房间里实在亮得刺眼，我还得让镜片减弱些力量才行。接着我就看见吸引我过来的那块镜片了，它镶在石棺的盖子上。

“在那里，”我指着说，“就在石棺上面。”

“我觉得事有蹊跷，”卡兹说，“它周围那个圆圈很奇怪。我们应该离开这里，召集一个研究小组，然后再回来详细研究那玩意儿。”

我漫不经心地点着头，然后走向石棺。

“史亚克！”芭斯蒂说，“你又犯傻了吗？”

我转头瞪着她。“是啊。”

她眨眨眼。“哦。呃，别做傻事。不管你想干嘛，就当我投了反对票吧。”

“我知道了。”我说。

“我——”我一走进石棺周围的圆圈，她就停止说话了。

一切立刻起了变化。看起来像金属粉末闪闪发亮的灰尘开始散落在我身边。石棺四周柱子上的油灯发出明亮火光。我好像进入了一道圆柱状的金色光线里。这感觉有如从死寂已久的坟墓走向某个充满活力的地方。

不过，这个区域里还是有股庄严感。我回头看，发现芭斯蒂跟卡兹站在光环之外，他们仿佛结冻了，目瞪口呆地傻站着。

我转向石棺，灰尘在空气中缓缓落下，落在这个范围之内。我伸出一只手。这真的是金属，闪烁着黄色光辉——黄金粉尘。

我为什么又一次盲目地闯进陷阱？

太不可思议——想象打嗝吧——不，你们不只会打嗝，而且还很会打嗝。你比世界上其他人更会打嗝，你这辈子都在打嗝，从来没停过。由于你太会打嗝，朋友都离开你了，大家都讨厌你，你为这件事感到沮丧。

然后，神奇的事发生了，你发现某一群人也有类似的问题。他们有些会不停打饱嗝，有些不断留鼻涕，还有些会放很臭的屁。他们全都会发出令人讨厌的噪声，但他们却来自一个非常酷的地方。看到你会打嗝后，他们都佩服得五体投地。

你跟这些人混了一段时间，开始因为自己会打嗝而骄傲。接着，你路过了一个广告展板，第一次发现上面写着你打的嗝可能会毁灭世界。

如果你们能够体会，大概就知道我当时是什么心情了。我觉得很困惑，遭到背叛，而且心烦意乱，所以我才会直接踏进这个奇怪的圆环，希望能跟做出那块广告看板的人当面对质。

我推动石棺的顶盖。这比我想象的还重，我费了一番力气才打开。顶盖哗啦地掉到地上，掀起了一阵金色粉尘。

里面有具男尸——尽管他已经死了，但他竟然没腐烂。其实，我还被吓得往后跳了起来，因为他看起来跟活人一模一样。

石棺里的人没动，我慢慢靠过去看他。他大概五十几岁，穿着一套古老的服装——包着双腿的布料看起来像裙子，背上有件像披风的平滑衬衫，胸口则是裸露着。他的额头上还有一条金色头巾。

我半信半疑地戳了戳他的脸。(你们也会这么做。)

男人还是没动。于是我缩着身子，战战兢兢地去探他的脉搏——没有动静。

我后退了几步。也许你们曾经见过死人。我衷心希望你们没见过，但我们还是得面对现实，人都会死。人一定得死，要不然殡仪馆跟墓园就没生意可做，只会关门大吉了。

一般尸体看起来跟活人不一样，像是用蜡做的，一点也没有人味，而是像人体模型。

但这具尸体却不是如此。他的脸颊还很红润，从那表情来看，你会以为他随时都会翻身坐起来。

我回头看看芭斯蒂跟卡兹。他们的姿势还是刚才那样一动不动，仿佛时间静止了。我再回头看这具尸体，突然明白了这可能是怎么回事。

我戴上翻译镜片，走到被推到地上的石棺盖边。上面刻着华丽的字体，是个名字：**镜片使用者阿尔卡催斯，首位拥有暗黑天赋之人**。

透过翻译镜片，我知道镜片使用者这个词用古纳哈拉语念出来时会有不同的意思。古纳哈拉语的“镜片”念做史麦德，而“使用者”则是卓瑞。

阿尔卡崔斯是镜片使用者。阿尔卡催斯·史麦卓——史麦卓一世。

金粉散落在我身边，也撒在我头发上。“你破坏了时间，对不对?”我问。“卡兹提过一些传言，说你曾经这么做。你替自己造了一个时间不会流逝的墓，然后安息在这里，永远不会腐烂。”

这真是防止尸体腐败的最高机密——我猜想埃及人将国王制成木乃伊，或许出自史麦卓一世的故事。

“我拥有你的天赋。”我双手撑在石棺边缘，看着里面的人说，“我应该怎么办？我控制它？或者被它控制?”

他默不作声。死人就是这样，根本不懂一丁点儿礼节礼貌。

“毁灭了它吗?”我问，“为什么会在墙壁上有那些警告?”

尸体非常安详。金粉继续轻轻飘落在他的脸上。最后，我叹了口气，蹲在石棺盖的旁边。棺盖上面的镜片完全透明，没有任何颜色，我也不知道它有什么用。不过我知道它的力量超级强大，因为正是它把我吸引过来的。

我伸手想把它撬开，它紧紧地卡在盖子上，但我怎么会把威力如此强大的镜片留在这座为世人遗忘的坟墓里了。

我将手按住盖子，释放天赋的力量。超出预料的事发生了，镜片立即松开了，弹向空中，差点掉到地上摔成碎片，幸好还是抓住了。

我一碰到这块镜片，它就停止散发力量了。不过这个不受时间影响的空间还是跟刚才一样，可见镜片跟它没有关系。

我正要站起来，突然注意到某件事。石盖上固定镜片的地方刻了一篇文字。原来镜片下方垫了一张黑纸，而这篇文字只有在镜片移开之后才看得到。这段话是用古纳哈拉语写的，我戴上翻译镜片，很轻易地就看懂了。

微小的刻文这么写着：

致我的子孙后裔，

如果你能拿到这块镜片，就表示你拥有暗黑天赋。我会为你们感到高兴，因为这表示这股力量将受到你的保护，而且延续仅属于我们家族的天赋，跟我们的诅咒一样。

因此，我也很担心，因为这表示你还没找出驾驭它的方法。只要这种邪恶的力量依然存在，危险也会继续存在。

这块镜片是我收藏之中最珍贵的宝物。我已经把其他镜片给了我的儿子，他的天赋是腐败的力量，但威力较小，没什么好怕的。只有破坏的天赋最危险。拥有其他天赋的人只会弄脏手边的东西而已。

使用这块镜片吧。让这个秘密传递下去，不要被遗忘。

但要小心你被赐予的天赋，它是你的负担，是你的庇护，也是你的魔咒。

我往后坐到地上，琢磨这些话的意义。我希望手边有东西可以抄下来，不过想了想，还是别抄了，因为馆长会拿走我写的东西。如果它们不知道这些文字的存在，那就保持现况吧。

我站起身来，费力地将石盖合上。接着我把手放到刻文上，释放天赋加以毁坏。字母立马被打乱了，变成一堆乱码，就连我的翻译镜片都没法解读了。

我一脸惊讶地收回手。我以前从没这么做过。我静静地站着，然后虔诚地向这具古老的石棺鞠躬。

“我会尽我所能的。”接着转身走出圆圈。

光线消失了。房间恢复了以前的破旧与暗淡，芭斯蒂跟卡兹也开始动起来。

“——这么做不太好吧。”芭斯蒂说。

“我知道了。”我又说了一次，一边拍掉肩膀上的金粉。神话里有个叫麦得斯的国王，据说他能点石成金，而这些金粉就像是他的头皮屑。

“史亚克?”卡兹问，“发生了什么事?”

“棺材里的时间跟外面不一样。”我回头看着石棺。它似乎没什么变化，周围的空气中还是挂满灰尘，柱子上的灯已经熄灭，石棺盖上那块古老的镜片已经躺在我的手里。

“我猜，你只要走进那个圆圈，就会回到他死掉的那个时候。”我说。

“那还真是……太古怪了！”卡兹说，“你知道他是谁吗?”

我点点头，看看手上的镜片。“史麦卓一世。”

他们俩立刻安静下来。

“不可能——小亚，”卡兹说，“我见过史麦卓一世的墓，就位于纳哈拉的皇家地下墓穴里。那可是市区里最火爆的观光景点。”

“那是假的。”芭斯蒂说。

我们两个人随即转头看着她。

“那是皇室成员在大约一千年前建造的，”她边说边望向别处。“用来象征纳哈拉国的成立。皇室成员找不到史亚克一世的墓，很是苦恼，最后就决定建造一个假的历史遗迹来纪念他。”

卡兹轻轻吹了声口哨。“我就猜测你会知道呢，芭斯蒂。那确实是掩人耳目的小把戏。不过，他的墓为什么要选在亚历山大图书馆呢?”

“这个房间比其他地方还古老，”我说，“我想图书馆员是故意要把图书馆搬来这里的。你不是说过图书馆是找不到更大的空间而迁来吗?”

“没错。”卡兹说，“那是块什么镜片?”

我将镜片举起来。“我不清楚，这是在石棺上找到的。芭斯蒂，你认得出来吗?”

她摇头。“上面没有颜色，我猜不出来。”

“也许我可以启动它的力量试试看。”

芭斯蒂耸耸肩，卡兹似乎也没意见。于是我犹豫地试着启动镜片，结果什么事儿也没有发生。我把镜片拿到眼前，但透过它看东西没有任何异样。

“没用吗？”芭斯蒂问。

我皱着眉摇了摇头。*文字上不是说这是最有威力的镜片……它到底有什么用了？*

“我猜这很合理吧，”卡兹说，“它之前散发着力量，将你引来这里，或许它就是传送信号给其他的眼镜侠。”

“或许吧。”我嘴上这样应付，但心里还是不太确定。我将它放进原来存放火焰使者镜片的口袋。

“我们应该把它拿给我父亲看，”卡兹说，“他应该能……”

卡兹继续唠叨。但我的注意力已经飞到别处了。芭斯蒂的举止有些怪异。她突然绷起神经，紧张起来，看着墙壁的破洞。

“芭斯蒂？”我打断卡兹的话。

“碎玻璃啊！”她一说完，立刻冲出了房间。

卡兹跟我愣在原地。

“我们怎么办？”卡兹问。

“跟着她！”我穿越破洞，小心翼翼不撞翻外面的书架。卡兹抓起芭斯蒂的背包，一边掏出一副战士镜片跟上来。我在走廊上猛冲，追着芭斯蒂。卡兹戴着强化力量的镜片，所以也勉强跟得上我们。

我很快就明白为什么书中的主角在故事结尾时会失去黄金了——这些东西实在是太重了。我不甘愿地将身上大部分金条扔掉，只留下几根在口袋里。

然而，就算没带着黄金，我们两个还是追不上水晶人芭斯蒂。

“芭斯蒂！”我冲着消失在远处的背影大喊。

结果她没有回应。没多久，卡兹跟我跑到了一个交叉口，我们停下脚步，不断喘气。现在我们又来到图书馆内的另一个区域了。这里摆的不再是卷轴或书架，反而更像地牢，四周都是交错混杂的走廊跟小房间，油灯在墙上微弱地摇曳着。

令人困惑的是，有些房间门口，甚至有些走廊上还装了栏杆，将路给挡住。我猜图书馆员们打算把这块区域弄成迷宫，想害人因为迷路而气馁。

芭斯蒂突然从侧面一条走廊窜了出来。

“芭斯蒂，怎么了?”我问。

她咒骂了一声，经过我们身边，继续冲进了旁边的另一条走廊。我看了卡兹一眼，他只是耸耸肩。于是我们又追了上去。

跑着跑着，我注意到了一件事——某种奇怪的感觉。我立刻停下来，卡兹也紧急刹住脚步。

“怎么了?”他问。

“他在附近。”我说。

“谁?”

“那个猎人，就是追杀我们的那个怪物。”

“碎玻璃啊!” 卡兹咒骂着。“你确定吗?”

我点点头。接着，我听到前方传来芭斯蒂的喊叫声。我们向前跑去，经过右边的一道栅栏。透过栏杆，我看见了另一条走廊。在这个区域很容易迷路，其实我们已经迷路了。这时，芭斯蒂又朝我们跑来，这一次我趁她经过我们身边时紧紧抓住了她。她停了下来，满头大汗，眼睛瞪得跟鸡蛋似的，发狂似的往四处张望。

“芭斯蒂!” 我问，“到底怎么了?”

“是我母亲，” 芭斯蒂说，“她就在附近，而且她很痛苦。可是这里每条通道都是死路，我找不到她!”

卓尔琳? 我心想。*她在这里*? 我正要开口问芭斯蒂怎么会知道她在附近，突然感应到某种东西——那股黑暗而强大的力量。从这种扭曲，不自然的感觉看来，有人正在使用以眼镜侠鲜血铸成的镜片。对方离我们很近，非常近。

我望向旁边一条走廊，里面的两侧墙壁上有油灯在闪烁着，在走廊尽头处有巨大的铁栅挡住了去路。

在那道铁栅之后有个人影，面孔很丑陋，一只特别长的手拿着卓尔琳的水晶剑。

第15章

Chapter Fifteen

是我的错——我就承认吧，是我做的。如果你们读得够仔细，现在一定已经注意到了。我道歉。在我玩过的把戏之中，这绝对是我最卑鄙的一招。我知道这么做有可能会毁了这本书，但我就是无法克制自己。

各位，要在前面十四个章节里叙述的完整故事同时，又得连贯地使用这招，真的非常不容易，而我就是喜欢挑战。你们发现了以后，可能会惭愧得脸红，觉得我实在太聪明了。我知道这应该是一本给小朋友看的书，而我认为自己掩饰得够好，不会被发现。但我猜我还是做得太明显啦。

我本来不想这么做的，不过这用得实在太巧妙了。尽管这个把戏在每一章每一页里都有，大多数的人还是不会发现。这是我所创造出最高明的文学笑话。

我很抱歉。

我站在原地，面向那个怪物的身影，一只手还紧抓着芭斯蒂。我渐渐明白了一件事——猎人可以趁我们在地下墓穴里像无头苍蝇乱窜时，对我们实施各个击破。我有些后悔当初老是逃避这只怪物，这才害得大家面对这种糟糕的局面。

我们无可逃避，该是面对他的时候了。我吸了一大口气，全身开始冒汗——这就是我并非英雄的原因之一；虽然我沿着走廊往那个怪物前进，我边走边拉着芭斯蒂。我猜两个目标总比只有一个好吧。

我们前进时，卡兹紧跟在后面，而芭斯蒂的眼神变得没那么狂乱了。她从剑鞘抽出短剑，水晶剑身在摇曳的灯火下闪耀着。

走廊的尽头是一个小房间，被大铁栅分成了两半。那位书籍骨头眼睛侠就站在栅栏的另一边。看见我慢慢靠近，他露出了得意的笑容，半边脸扭曲着，嘴唇往上翻开。它的另一边脸模仿着这个动作，不过这半边是由金属的，扭曲时还发出一串零件的喀哒声，看起来就像被压缩成只有十分之一的钟表机械，所有齿轮跟插销都被压得挤在一起了，就是一个现实版的“终结者”。

“史麦卓。”对方的声音很粗，听起来像是声音被剥了一层皮。

“你是谁?”我问。

怪物跟我四目相对。他左半边身体完全由一小块一小块的金属取代，至于是什么力量将这些东西吸附在一起的，我也完全不清楚。他有一颗人类的眼珠子，另一颗则是黑色玻璃。那是活化物玻璃。

“我叫乞力马扎罗”，怪物说，“我是被派来向你取回一样东西的。”

我还戴着拉希德镜片。我举起手比着这副眼镜，对方点了点头。

“你从哪里弄到那把剑的?”我试着隐藏自己的担心和恐惧。

“我从抓住的一个女人手里夺来的。”怪物说。

“她不在这里，史亚克。”芭斯蒂说，“我感觉得到她的肉石。”

肉石？我心想。以最高级的沙之名啊，那是什么东西？

“你是指这个吗?”乞力马扎罗问道。他的语气很沙哑，听起来像是细碎的爆裂声。他举起某个东西，看起来像水晶碎片，大小跟两根手指叠起来差不多，上面还滴着血。

芭斯蒂倒抽一口气。“不!”她冲向栅栏，差点就冲出我能抓住的范围了。

“芭斯蒂!”我说，“别上当，他在刺激你!”

“你怎么能这样?”她对怪物尖声大喊。“你会害死她的!”

乞力马扎罗放下水晶，塞进皮带上系着的一个腰包里。他还是握着那把剑。“想死太简单了，水晶人。但我必须得到我要的东西。我用那个女人换你们的镜片。”

芭斯蒂跪到地上，我一开始不以为她在哭，不过后来发现她的头发遮住了苍白的脸。当时我还不知道，将肉石从水晶人身上拔下来，简直是一种言语无法形容的，既下流又可怕的举动。对芭斯蒂而言，这就跟乞力马扎罗拿着卓尔琳还在怦怦跳动的心脏一样。

“你以为我会跟你谈条件吗?” 我问。

“对。” 乞力马扎罗简洁地回答。他身上没有布莱本那种邪恶的气息，不会傲慢自得，穿着也不怎么时髦，说话时也不会带有嘲笑的信息。然而，这个怪物的沉默却散发出一种危险感，让人更不舒服。我不自觉地打了个冷战。

“注意点，小亚。” 卡兹低声说，“那个怪物很危险，非常危险。”

乞力马扎罗露出笑容，然后把剑丢下，伸出一只手。我看见手中的镜片时，吓得大叫了一声。镜片闪现光芒，射出一道冰霜之光。

芭斯蒂站起来。举起短剑，姿势看起来很像螃蟹。她举起水晶剑身迎击对方射来的光束，只是勉强接了一招，随即被震得踉跄后退了好几步。

我怒吼着，立刻换下翻译镜片，戴上暴风镜片。*他不是想要打吗？好，我就跟他大战三百回合。*

我戴上镜片，将注意力集中在书籍骨头身上，发出一股强劲的风。我听见一阵爆裂声，卡兹也因为气压突然增强而尖叫出声。强风击中乞力马扎罗，将他往后吹去，还让他身上散落了一些金属。

乞力马扎罗哆嗦着，暂停了冰霜镜片的力量。在我旁边的芭斯蒂又跪到地上了。她的手变成了蓝色，还包裹着一层薄薄的冰，短剑已被震出好几条裂纹。这种短剑跟水晶剑一样，能够避开眼镜侠镜片的攻击，但显然承受不了如此近距离如此强大的攻击。

乞力马扎罗站稳身子时，那些从他身上震落的螺帽、螺栓、齿轮金属零件就像长了脚的蜘蛛一样弹跳着，重新爬回他那半边有如脉搏般不断跳动起伏的废金属身体。

他看着我的眼睛，发出低沉怒吼，然后慢慢抬起另一只手。我再度集中精神，用另一波强风迎击，可是他没被打倒。突然之间，我觉得自己被往前拽去。他另一只手中拿着芭斯蒂说的反暴风镜片，能够吸收空气。

虽然我用的镜片将乞力马扎罗往后推去，但同时也被他的镜片吸住了。我在向前滑行，心里充满恐慌，身体也跟着战抖。

幸亏有双手从后面抓紧了我，才站稳脚步。“我不久前是怎么跟你说的，孩子?”卡兹在呼呼风声中喊着。“对方是半个活化物！你用普通方式是杀不了他的！而且他用人血炼镜片，比你用的镜片威力还强！”

卡兹说得没错。即使他抓住我，我还是觉得自己被乞力马扎罗拉过去了。我将暴风镜片转了个向，面对着墙壁，希望能将自己推回来。

乞力马扎罗突然收了他镜片的力量。

由于我的镜片还在吹风，我整个人就被反作用力往后推去，身体一阵摇晃，撞倒了卡兹，收住镜片的力量时，我自己也差一点跌倒。

乞力马扎罗乘机用他的镜片对准我另一只手里的翻译镜片。看来反暴风镜片跟暴风镜片一样，都能将力量集中在单一物件上。翻译镜片从我指间被吸走，飞向乞力马扎罗。

我吓得大叫一声，不过芭斯蒂在镜片经过她身边时伸手抓住了。她站起来，一手拿着短剑，一手抓着镜片。我站到她身边，准备好随时使用暴风镜片攻击，然后在心里告诉自己别去看她手上的冻伤。

乞力马扎罗站起来，但并未使用他的镜片。“那位骑士还在我手上。”他一边要挟，一边捡起地上的水晶剑。“她死定了，因为你们根本不知道她在哪里。只有我能将肉石归位。”

房间里安静了。乞力马扎罗的脸突然开始瓦解。一小块一小块就像长了脚一样从他身前爬行下来。他的半颗头、一边的肩膀跟手全都变成细小的金属蜘蛛，爬过隔在我们中间的栏杆，然后像蜂窝里的蜜蜂聚集起来。

“她会死。”书籍骨头用只剩下半边的面孔说，“我可不是说着玩儿的，史麦卓。你知道我不会吓唬小屁孩。”

我用无惧的日光盯着他，但心里其实越来越害怕。你们还记得我提过关于选择的事吗？在我看来，不管一个人做出什么选择，最后一定会产生某些必然的结果。现在，我得在镜片跟卓尔琳的生命中做抉择。

“我用她来跟你交换镜片。”乞力马扎罗说，“我只是被派来拿这个东西的，没必要追杀你，只要东西到手，我就离开。”

散落在地面上的金属蜘蛛从房间的各个角落逼迫过来，但它们和我跟芭斯蒂保持了一段距离，没继续靠近。刚才被我不小心撞倒的卡兹呻吟着站了起来。

我闭上眼睛。**该选芭斯蒂妈妈，还是要选镜片？**我真希望自己能战斗，可是暴风镜片完全伤不了这家伙；而且就算我能吹走他，他只要躲起来等卓尔琳死掉就赢了。莉雅还不知道在图书馆里的哪个角落里，她会不会成为下一个牺牲的人？

“我答应。”我低声说。

乞力马扎罗笑了，应该说是他那剩下的半张脸笑了。这时，我看见几只金属蜘蛛爬上了某个东西——触发了机关的引线。

金属蜘蛛触动引线，芭斯蒂跟我脚下的地板随即塌落。芭斯蒂大叫一声，伸手想抓住地板边缘，还是差了一点。

“落矶山牡蛎啊！”卡兹吓得咒骂一声，不过幸好缺口离他还有几英尺。我坠落洞口前的最后一刻，瞥见了他脸上惊恐的表情。

我们垂直落了三十英尺左右，最后“砰”的一声摔在地上，我是正面朝下着地的，不过芭斯蒂为了保护手里的翻译镜片，还卷曲身体，擦到了墙面，以比我更笨拙的姿势掉到地上，痛得直呻吟。我使劲摇摇头，让自己清醒一点，然后爬向芭斯蒂。她仍在呻吟着，看起来比我还惨，不过似乎没什么大碍。最后，我抬头向上，往灯光的方向看。卡兹从洞口探出头来，露出一副担心的表情。

“史亚克！”他大喊，“你俩没事吧？”

“嗯，”我回答道，“我想应该没事。”我戳戳地面，想弄清楚是什么材质。看来好像是某种缓冲垫。

“地上加了垫子，”我抬头对卡兹喊道，“大概是怕我们摔断脖子吧。”这又是图书馆员的另一道陷阱，但只是为了让我们因为受困而灰心，不是为了害死我们。

“为什么要这么做?”我听见卡兹对乞力马扎罗吼叫。“他们才答应要跟你交换啊!”

“对，他是答应了。”我隐约听见乞力马扎罗的声音。“不过，我出发前图书馆员有叮嘱：千万别相信史麦卓家族的人。”

“他被困在洞里，怎么跟你交换!”卡兹大喊。

“没错，”乞力马扎罗说，“但是你可以。叫他把翻译镜片交给你，然后你再到图书馆正中央与我碰面。你有穿梭空间的能力，对吧?”

卡兹沉默了。这家伙真是机关算尽，真让人泄气。

“你是史麦卓家族的人，”乞力马扎罗对卡兹说，“但不是眼镜侠。所以我要跟你交易，而不是跟那个喜欢耍花招的小屁孩。把镜片带给我，我就将那个女人跟她的肉石还给你们。不过你动作最好快点，不然她在一个小时后就会死去。”

周围一片死寂，只有芭斯蒂坐起来时的呻吟声。她的手上还抓着翻译镜片。最后，卡兹的头探了出来。

“史亚克?”他喊着，“你在吗?”

“嗯。”我说。

“我们还能在哪里?”芭斯蒂咕哝道。

“太暗了，看不清楚嘛。”卡兹说，“总之，书籍骨头已经离开了，而我又无法穿过栅栏跟踪他。我们该怎么办？要我去找绳子吗？”

我坐在地上，绞尽脑汁想逃出去的办法。芭斯蒂的妈妈凶多吉少了，因为她身上有块水晶被拔了下来了。乞力马扎罗绑架了她，只有翻译镜片能换回她。而我现在跟芭斯蒂被困在陷阱里，她摔得比我更重，最糟糕的是，附近根本没有绳子。

我别无选择，根本想不出解决的办法。有些时候，不管一个人多聪明，也是束手无策。这就像我在本章开头所写的。你们还记得我说我在这本书里用了某种“秘密”计划吗？那个下流而又精明的把戏？你们有留意去找了吗？这个嘛，无论你们找到什么，那都不是我设计的，因为书里根本就没有什么把戏。我没留下什么隐藏讯息，也没在前面十四章安插什么巧妙的花样。

我不知道你们找得多努力，也不会比我试图想出“能救卓尔琳又能保有镜片的办法”时更费力。我很清楚时间才是关键。就在此时此地，我必须做出妥协。

我决定从芭斯蒂手中拿走镜片，往上抛给卡兹。他差点没接到。

“天赋能带你到图书馆中央吗？”我问。

他点头。“我想应该能办到吧，毕竟这是个目的地。”

“去吧，”我说，“先用镜片交换卓尔琳的命。我们晚点再来想办法弄回镜片吧。”

卡兹点头。“好吧。你们在这里等着吧，一旦芭斯蒂的母亲安全之后，我就马上带绳子或其他可用的东西回来。”

他消失了片刻，然后又出现，从洞口探出头来。“在我走之前先问一下，你们需要这个吗？”他拿出芭斯蒂的背包。

紧爪玻璃的靴子就在里面。我突然感到一丝希望，可是很快又打消念头——这个陷阱的周围都是石头。

而且，就算我真的能出来，我还是得用镜片去交换卓尔琳，只不过是亲自去而已。不过，背包里还有食物，我也不知道会被困在这里多久。“当然，”我说，“先丢下来吧。”

我站到一旁，让他把背包扔到软垫上。现在，芭斯蒂已勉强能站起来了，但她靠着墙，看起来还是七荤八素的晕眩样。

这都是我领导不力——大家不该指望我来领导。看来，当时我做了错误的决定。一位领导人应该当机立断，有能力做出正确的选择。

你们以为我确实做了正确的选择吗？如果答案是肯定的话，你们也跟我一样不适合当领导人。你们要知道，救卓尔琳可是错误的选择。我交出了翻译镜片，或许是救了她的命，但付出的代价会非常可怕。

图书馆员会因此得到印卡纳人的知识。没错，卓尔琳会活下来，可是有多少人会在图书馆员对自由国度发动的战争中死掉呢？只要有了远古的神秘科技，图书馆员将会拥有无法阻止的强大力量。

我救了一条命，却害了未来更多人的命。这可不是领导人该有的不理智。他迟疑了一下，然后问我。“你确定要这么做吧，孩子?”

“对。”我说。在这种时候，我没想到要保护自由国度的未来。我只知道一件事——我无法为卓尔琳的死负责。

“好吧，”卡兹说，“我会回来救你们的，别担心。”

“祝你好运，卡兹。”

接着他就消失了。

第16章 Chapter Sixteen

作家（尤其是像我这种讲故事的人）会描写与人有关的事。这点非常讽刺，其实他们根本不了解其他人。

想想看，为什么有人想当作家？因为他们喜欢与人相处吗？当然不是。不然我们干嘛每天从早到晚关在灯光昏暗的小屋里，身边没有任何同伴，只有纸笔跟我们虚构出来的人物。

作家讨厌人。如果你们遇到过作家，一定知道他们普遍都是偏执、不修边幅的人，住在楼梯井里，对经过的人发出嘶嘶声，还常常好几个星期都忘了洗澡。而这种作家还算是跟别人比较合得来的。

我抬头看着洞口边缘。

芭斯蒂坐在地上，强忍着想赶去救她妈妈却又无能为力的焦躁。这就跟一颗西瓜想假装自己是高尔夫球一样。（虽然西瓜可能比高尔夫球干净，而且对于我们小朋友来说还更有趣。）

“好啦，芭斯蒂。”我看着她说，“我知道你跟我一样泄气。你在想什么？我能不能破坏这些墙壁？弄出一道梯子让我们逃出去?"

"还冒着让墙塌下来压死我们的危险?"她冷淡地反问。

她说得也有道理。"要不我们别使用天赋，直接爬上去?"

"墙壁都被擦得跟上了油似的光滑，史亚克。"她厉声说，"就连水晶人也爬不上去。"

"不过，要是我们脚踩着墙的一边，衬着另一边，慢慢挤着身体走上去……"

"洞口太宽了。"

我冷静下来。

"怎么?"她问，"没有其他好办法了吗?用跳如何?你应该试试看。"她背对我，看着洞口的另一边，然后叹了口气。

我皱起眉头。"芭斯蒂，这不像你。"

"哦?"她问，"你怎么知道什么像我，什么不像我?你认识我多久，才几个月吗?这次我们才在一起三天还是四天?"

"对，可是……呃，我是指……"

"都结束了，史亚克，"她说，"我们输了。卡兹可能已经到了图书馆中央，将镜片交出去。乞力马扎罗说不定已经抓住了他，让我母亲等死。"

"也许我们可以找到出去的方法，然后去支援。"

芭斯蒂似乎没听到。她只是坐下来，双手抱着膝盖，盯着前方的墙壁。"他们对我的看法没错，"她低声说，

“我根本不配成为一名骑士。”

“什么?”我走到她身边蹲下来安慰道，“芭斯蒂，他们只是激励你啦。”

“我才接受过两次真正的任务，就这一次，还有上次潜入你家乡的那座图书馆。两次我都被困住，无计可施。我太没用了。”

“我们全都被困住了啊，”我说，“你妈妈的遭遇也没比我们好到哪里去。”

她不理会这句话，还是摇着头。“一无是处。你从绳堆中救了我，而我们被柏油困住时，你又再次救了我。我还没算上你抓住我，没让我从龙飞掉下去那一次。”

“你也救了我啊，”我说，“记得那些金币吗?如果不是你，我早就成为一个戴着一副喷火的眼镜四处飘浮，嘿，孩子?想不想看看狄更斯的作品啊?真的超棒哟。好啦。《艰难时代》的第一章就免费试看，我知道你们晚点一定会再来要《双城记》的。”

“那不一样。”芭斯蒂说。

“不，没什么不一样的。听着，你救了我的命，而且还不只这样，如果没有你，我就不知道这些镜片有什么用了。”

她抬起头看我，眉头深锁。“你又来了。”

“什么?”

“鼓励别人。就跟你对莉雅做的一样，就跟你一路上对我们所有人做的一样。你到底怎么了，史亚克?你不想做任何决定，但你却认为鼓励我们所有人是你的责任?”

我沉默了。怎么会这样？这段对话本来谈的是她，她突然间又将话题绕到我身上了。（我发现芭斯蒂有项专长是将东西扔到别人身上，不管是说话、扔东西都一样。）

我望向上面房间里隐约闪烁的灯火，那光线带有一种强烈而诱人的感觉。看着，看着，我领悟到了一件事——虽然我困在这里，担心卡兹跟卓尔琳可能会发生意外，不过让我更沮丧的，其实是另一个原因——我想要帮上忙。我不想被排除在外，我想要带头。我不喜欢将事情丢给别人解决。

“我的确想当个优秀的领导者，芭斯蒂。”我低声说。

她立刻转头朝我看来。

“我猜每个人心里都有当英雄的渴望，”我接着说，“但最想当英雄的，是那些不被群体重视的另类，比如，那些坐在教室后排的男孩，大家都嘲笑他们，是因为他们与众不同，他们喜欢搞破坏引人注目，他们会……故意跟人唱反调。”

我很好奇卡兹知不知道——要当个不正常的人实在太难了。每个人在某方面都与众不同，也就是说，大家都可能有被嘲笑的缺陷或笑点。我真的懂他的感觉，我也一样。

我不想回头了。

“对，我想当个英雄。”我说，“对，我想当领导者。我以前就常常呆坐着做白日梦，希望自己成为人人都重视的人，成为能够修好东西而不是弄坏东西的人。”

“嗯，你成功了。”她说，“你是史麦卓家族的继承人，你是带领大家的人。”

“我知道，可是我好害怕。”

她摘下了战士镜片，看着我。我看见她那严肃的眼神里反射着上方的灯光。

我坐下来，摇着头。“我不知道该怎么办，芭斯蒂。我从小就是个淘气包或破坏大王，根本没有成为领导者的心理准备。我怎么决定要不要用最具威力的武器去交换某个人的性命？我觉得自己好像……好像快窒息了，就像在水底潜水，却没法浮出水面呼吸一样。

“我猜这就是我说我不想带队的原因——我知道要是别人太注意我，就会明白我做得其实很糟。”我露出痛苦的表情。“就像现在这样。你我身陷绝境，你妈妈也生死未卜，卡兹更像扑火的飞蛾，而且莉雅下落不明。”

我沉默下来。说出心中的苦闷之后，竟觉得自己更蠢了。不过奇怪的是，芭斯蒂没有嘲笑我。

“我不觉得你做得很糟，史亚克，”她说，“当领导人本来就不容易。要是每件事都很顺利，那么根本不会有人注意。如果某件事出错了，受责骂的人一定是你。我认为你做得很好，你只是需要对自己多一点信心。”

我耸耸肩。“或许吧，不过你又怎么会知道这种感觉呢？”

“我……”

我看着她，对她的证据感到好奇。在我看来，芭斯蒂总是有些秘密——她似乎知道太多事了。的确，她是说过她想当眼镜侠，但她没说过原因，背后一定有隐情。

“你确实知道这种感觉。”我说。

现在换她耸肩了。“一点点啦。”

我偏着头看她。

“你没注意到吗？”她看着我说，“我母亲的名字并不像一个监狱名称。”

“另外呢？”

“另外，我的名字更像一座监狱名。”

我搔着头，琢磨她话里的真实意思。

“你真的什么都不知道吗？”她问。

我哼了一声。“哦，请原谅我，我来自另一个世界。你到底想说什么？”

“你的名字沿袭了史亚克一世。”芭斯蒂说，“史麦卓家族的人常常让后代继承祖先的名字，而图书馆员会用这些名字为监狱命名，故意败坏你们的名声。”

“你不是史麦卓家的人，”我说，“却也有一个跟监狱一样的名字。”

“没错，我的家庭也是……太老土了，跟你们家庭一样，习惯重复使用名字。普通人可不会这么做。”

我眨了眨眼。

芭斯蒂很反感地翻了个白眼。“我父亲可是位贵族啦，史亚克。”她说，“这就是我想告诉你的。我有这么传统的名字，就是因为我是他的女儿。我的全名是芭斯蒂·维安尼特里九世。”

“啊，是哦。这就跟哈嘘国里的有钱人、国王、教宗一样，他们会重复使用名字，你比较适合。”

“我不够适合啦！”她哼了一声。“你很懂得如何与人相处，史亚克。而我，我才不想领导大家。我不太喜欢人群。”

“你应该当个小说作家的。”

“我不喜欢他们的工作时间。”她说，“总之，我以过来人的身份劝告你，就算你从小就学习如何领导别人，也不会改变现状。那些训练只会让你知道自己多么不适合这种角色。”

我们安静了下来。

“那么……后来怎么了？”我问，“你怎么会变成水晶人？”

“完全是因为我母亲，”芭斯蒂说，“她只是水晶人，不是万人之上的贵族。她总是强迫我作一位水晶骑士，说什么我父亲不需要一个没出息的女儿。我试图证明她是错的，但我的家世太优越，使得我无法成为一位面点师或者钢琴家。”

“所以你才想当眼镜侠。”

她点头。“我没告诉过其他人。当然，我听说眼镜侠的力量是来自遗传的，但我还是想证明大家都错了。我要当我家族里的第一位眼镜侠，让我的父母刮目相看。

“结果，你也知道最后是怎么回事。我只好听命母亲的唠叨，放弃头衔和财富，选择了水晶人；现在才知道这个决定有多么愚蠢。我还不如试着当眼镜侠，而不是成为什么水晶人。”

她叹了一口气，双手紧抱着膝盖。“然而，我还老是自以为自己真的能胜任，比任何人都更快成为一位优秀的骑士，立刻被指派去保护史理文。而这对骑士而言是最危险而困难的任务。我到现在还是不明白他们为何一开始就安排给我这件重要的差事，这太不寻常了。”

“他们很有可能是个阴谋，想让你失败。”

她静静坐了一会儿说道：“我从没这么想过，为什么有人会想这么做?”

我耸耸肩。“我不知道，但你不能否认，这实在是太可怕了。或许指派任务给你的上级之中有人眼红，嫉妒你这么快就成为骑士，因此想看你失败。”

“即使这样也可能会害死史理文啊?”

我又耸耸肩。“人的行为就是难以理解呢，芭斯蒂。”

“我还是难以相信，”她说，“我母亲可是指派任务的团队成员之一。”

“她似乎是位很苛刻的人。”

芭斯蒂哼了一声。“这么说还算褒奖了她呢！我成为骑士时，她只淡淡地说了‘千万别丢脸’一句话而已。我猜她似乎预料到我会搞砸第一个任务吧，也许这就是她亲自处置我的原因。”

我没回答，不过我似乎清楚我们两人都想着同一件事。芭斯蒂的亲生母亲不可能会故意害她失败吧，对不对？这么想似乎是太离谱了。当然，我妈妈偷走了我的传家宝，还把我出卖给图书馆员。这样看来，芭斯蒂跟我真是同病相怜。

我背靠着墙坐着，抬头向上望去，思绪从芭斯蒂的问题回到我之前说的那些话。能将心中的想法说出来，感觉舒服多了。因为这样，我也终于理清了自己的思路。几个月前，我还只甘愿当个普通人，但现在我知道当个史麦卓家的人确实是有挑战意义的。我扮演这个角色越久，就越想做好一切，这样才不会辱没家族的美名，满足爷爷跟其他人对我的期望。

也许你们觉得这很讽刺吧。当时我勇敢地接受了别人胡乱安在头上的不可能完成的任务，而现在我却饶有兴味地在这里写回忆录，尽可能想摆脱掉这种责任。

我想要成为英雄。单是这一点就够让你们吐槽了。关于这一点，我们在下本书里会再多谈一些。

“我们还真算是有缘啊?”芭斯蒂问。从我们掉下来之后，她首次露出了笑容。

我也对她笑了笑。“是啊。为什么我最适合在被困住的时候谈心呢?”

“你应该被多关几次才对。”

我点点头。突然间，墙壁中有个东西飘出来，吓了我一大跳。“嘎!”我在知道那是图书馆长之前不自觉叫出声来。

“拿去。”馆长边说边将一张纸扔在地上。

“这是什么?”我捡起来。

“你的原件。”这是我在墓穴里抄写关于暗黑天赋的那张纸。“看来，你们已经困了一个小时。芭斯蒂说得没错，卡兹应该已经抵达图书馆中央了。”

图书馆员飘开了。

“你妈妈，”我边说边将纸折好。“只要她拿回那块水晶肉石就没事了吗?”

芭斯蒂点头。

“反正我们被困在这里也出不去，不如你就告诉我那块水晶肉石是什么东西吧? 打发一下时间?”

芭斯蒂哼了一声，然后站起来，将她的银色头发拨开，露出后颈。她转身背向我，而我看见她脖子后面白皙的皮肤里有块闪亮的蓝色水晶。我看得很清楚，因为她上半身只穿着一件塞进军裤的紧身黑色 T 恤，没有领子遮挡。

“哇。”我说。

“水晶地会生长三种水晶，”她说，然后放下了头发。“我们把其中一种拿来制成长剑跟短剑。另一种则是肉石，这会让我们变成真正的水晶人。”

“这能做什么?”我问。

芭斯蒂想了一会儿。“做一些事。”她回答。

“你说的还真是明确啊。”

她脸红了。“这是秘密，史亚克。我就是因为肉石才能跑得这么快，差不多就是这样。”

“好吧，”我说，“那么第三种水晶呢?”

“这也是秘密问题。”

好极了，我心想。

“那不是很重要啦。”她说。她坐到地上时，我注意到了某件事。她拿着短剑抵挡冰霜镜片攻击的那只手，现在已经变得很红，皮肤也裂开了。

“你还好吗?”我朝她那只完好的手点点头。

“没事的，”她说，“我们的短剑是用未成熟的剑石制成的，所以对付强力镜片攻击时挺不了多久。有些冰块会击中我的手指，不过迟早会恢复的。”

我还是不太放心。“也许你应该——”

“嘘!”芭斯蒂突然打断了我的话，立刻站起来。

我闭上嘴，皱起眉头，沿着她的目光向上看着洞口。

“怎么了?”我问。

“我好像听到上面有动静。”她回答。

我们紧张地等着。最后，我们看见上面有个影子。芭斯蒂慢慢地抽出短剑。虽然洞里很暗，而且隔得有些远，但我还是看见了短剑上的裂痕，我不知道她能拿短剑做什么。

一个人头从洞口探了出来。

“喂?”莉雅的声音传来，“下面有人吗?”

第 17 章

Chapter Seventeen

希望你们不会觉得上一章的最后一行读起来有鬼森森的紧张感，我也只是为了方便分段，刚好在那里打住而已。

章节的起止从某种角度来看，就跟史麦卓家族的天赋差不多——很突然，不受时间与空间影响。（單这一点就足够证明传统的哈嘘人物理学根本不实用。）

各位想想吧，我在每一章最后放了个正儿八经的结尾，就会让这本书拖得更长——既啰唆又费笔墨。然而，这些顺其自然的结尾句就很实用，因为你们会读得更快。就算你觉得情节无聊（比如莉雅的突然出现），也可瞬间翻过，继续读后面的故事。

你们读书时，空间也会扭曲。时间就比较没什么关系了。事实上，要是你们仔细看，现在或许就可以看见四周有金粉飘落。（如果你们没看见，就表示你们看得不够仔细。或许你们得再拿另一本厚重的砖头奇幻小说来敲敲自己的头了。）

“我们在这里！”我对莉雅喊道。我身旁的芭斯蒂也跟着松了一口气，将短剑插回剑鞘。

“史亚克?”莉雅问，“呃……你跑下去干嘛?”

“喝下午茶啊，”我回道，“你想呢？我们被困住啦!”

“真是搞不明白，”她说，“你们为什么会被困住?”

我看着芭斯蒂。她冲我翻了个白眼。这就是莉雅啊。

“我们是不得已的啦。”我说。

“有一次我爬上一棵树，结果下不来。”莉雅说，“我猜测情况就跟你们现在差不多，对吧?”

“当然喔。”我说，“听着，我要你去找条绳子。”

“呃，”她说，“我该到哪去找这种东西?”

“我不知道!”

“好吧。”她大声叹了一口气，然后立即消失了。

“别指望她了。”芭斯蒂说。

“我知道，至少她的灵魂还在。我还有点担心她会碰上大麻烦呢。”

“比如被邪恶的书籍骨头抓住，或者掉到另一个大洞里去吗?”

“类似的吧。”我说，然后跪到地上。我不指望靠莉雅救我们出去了。我已经认识她够久了，知道她大概帮不上什么忙。

(顺带一提，这也是你们看到她出现时不应该感到兴奋的原因。不过，你们还是会翻页继续看，是吧?)

我打开芭斯蒂的背包，拿出装有紧爪玻璃的靴子。我启动玻璃的力量，将一只靴子贴到墙上，结果跟预期差不多，粘不住。它们只会粘住玻璃。

“那么……或许该让你试试破坏墙壁了。” 芭斯蒂若有所思地说，“你大概会害我们被石头活埋，不过这总比一直坐着讨论我们的感觉或说废话好些吧。”

我看着她，露出会心的笑容。

“怎么了?” 她问。

“没啥，” 我说，“只是很高兴你又恢复正常了。”

她哼了一声。“怎么样? 准备搞破坏吗? 你行不行?”

“可以试试嘛。” 我若有所思地说，“不过，呃，这可能没什么用吧。”

“反正我们也没抱什么期望了。” 她说。

“说得也是。” 我将双手贴在墙上。

暗黑天赋……要小心……我想起了石棺上刻着的那些警告。我的口袋里还放着抄写的纸条，但我试着不去想它。我已经开始认识自己的天赋了，但现在似乎不是进一步思考它本质的时候，反正以后有的是时间。

我试探性地对墙壁送出一股毁坏之力。裂痕出现在我的手掌周围，然后向外扩散。灰尘跟石头碎片开始散落下来，不过我还是继续试着送出力量。整面墙发出吱嘎声。

“史亚克!” 芭斯蒂一边说一边抓住我的手把我拉开。

我踉跄后退了几步，头晕目眩地远离墙边，此时正好有一块大石头往里塌落，掉在我刚才所站的地方。大石头压陷了柔软而又富有弹性的软地板。如果我还站在那儿，应该也会被压陷，只是这样会流一大堆血跟引起一阵尖叫而已。

我盯着那块大石头，然后再抬头看看墙壁。上面已经有裂缝，似乎随时都有会垮塌下来。

“好吧，这跟预期的差不多，”芭斯蒂说，“不过我们这么做还是太蠢了吧?”

我点点头，然后弯腰捡起一只靴子。如果我能让紧爪玻璃发挥效用就好了。我再次将靴子贴在墙上，还是粘不住。

“没用的，史亚克。”芭斯蒂说。

“石头里面有矽，那就是玻璃的材质。”

“是，没错，”芭斯蒂说，“但不足以让紧爪玻璃粘牢。”

我还是决定试试看。我将注意力放在玻璃上，闭上眼，把它当作镜片来启动力量。

在过去的几个月里，我受了爷爷的指点，已经学会如何使用难上手的镜片。你只要把握一个重点——将能量输进去，将我的一部分注入其中，就能让它们启动起来。

加油啊！我在心里对靴子这么说，然后紧紧将它压在墙上。墙壁里面有玻璃原料，虽然只是少量，但你粘得住的，你一定要粘住。

我在超出正常的距离之下跟爷爷通过话。当时我只是更专心使用通话镜片，额外提供一些推动的力量而已。现在我能不能也对这只靴子做一样的事呢?

我好像有了点儿感觉，靴子稍微吸附在墙上了。我更加专注，绷紧神经，觉得自己因此变得有些疲累。不过我没有放弃，还是继续推动它，并张开眼睛紧盯着它。

靴子底部的玻璃开始发出微弱的亮光，芭斯蒂难以置信地看着。

加油啊，我心里默默念着。我感到靴子从我身上吸取了某些东西，当成它的能量。

当我小心翼翼地放开手时，靴子还牢牢地粘在墙上。

“不可能吧。”芭斯蒂说道，走过来细细查看。

我擦掉额头上的汗，露出了胜利的笑容。

芭斯蒂伸出一只手轻轻戳靴子，然后不费吹灰之力就拿了下来。

“喂！”我说，“你没看到我多辛苦才把它粘上去吗？”

她哼了一声。“我很轻松就拿下来了，史亚克。你真以为这样就能走上去啊？”

我刚才的成就感消逝了——她说得没错，如果我得那么努力才能让一只靴子粘在墙上，我绝对没办法释放足够的力量一路走上去。

“不过，”芭斯蒂说，“刚才真是令人吃惊。你是怎么做到的？”

我耸耸肩。“我只是将一点力量注入玻璃而已。”

芭斯蒂没回应。她先注视着靴子，然后再看看我。“这是沙里麦技术。”她说，“是技术，不是什么神奇力量。照理说你不可能做到，毕竟科技不像魔法那样可以随意支配。”

“芭斯蒂，我认为你所谓的科技跟魔法一样，只要你自信能做到。”我说。

她缓缓点头。接着，她突然动起来，将靴子塞回背包，拉上拉链。“暴风镜片还在你身上吗？”她问。

“对啊，”我说，“干嘛?”

她抬起头，看着我的眼睛。“我有个想法。”

“靠谱吗?”我问。

“应该没问题吧，”她说，“这个办法有点怪。其实这应该很对你的胃口。”

我一脸怀疑。

“拿出那副镜片。”她边说边将背包甩到肩上。

我拿出镜片。

“现在，把镜框弄断。”

我犹豫地看着她。

“照做就是了。”她说。

我耸耸肩，然后发出破坏力量。镜框一下就分开了。

“把两块镜片叠起来。”她继续说。

“好吧。”我照着做。

“你能将力量输进去吗？就像刚才你对靴子做的那样?”

“应该可以，”我说，“不过……”

我话说到一半，突然明白了她想干什么。如果我能用镜片发出强劲气流，就能把我们吹上去了，这原理跟喷气式飞机一样，而镜片就是我的引擎。我看着芭斯蒂。“芭斯蒂！这太疯狂了！”

“我知道，”她扮了个鬼脸。“我跟你们史麦卓家的人相处太久了。可是我母亲大概快死了，你愿意试试看吗?”

我笑了。“当然愿意！这办法听起来帅呆了！”

不管想不想当领导人，考虑够不够缜密，对自己有没有信心，我终究还是个青少年。而且，你们也不得不承认，这个办法听起来真的很棒。

芭斯蒂靠近我，一只手抱住我的腰，另一只搭在我肩膀上。“那我跟你走，”她说着，“抱住我的腰。”

我点点头，因为她靠得太近而有点分心。我突然体会到一件事，而这是我从来不知道的——女孩有种奇特的芳香味道。

我开始紧张起来——要是镜片的风太弱，我们就会再掉回洞里；要是我制造的风太强，我们就会撞上天花板。这似乎很难拿捏。

我垂下手臂，将镜片往下指，另一支只试着绕过芭斯蒂的细腰，我深吸一口气，做好准备。

“你还好吧？”她问。

“呃……啊，”我勉强挤出几个字。“有什么不对吗？”

“我只是想说谢谢。”

“谢什么？”

“谢谢你激怒我。”她说，“让我觉得有人是故意害我失败的。这或许不是事实，不过对我来说已经够了。如果真的有人蓄意陷害我，那么我一定要找出是谁，还有对方这么做的原因。这是个新的挑战。”

我点头。这就是芭斯蒂啊。如果你说她很棒，她只会坐在原地生气。不过要是你暗示她可能有个隐藏的敌人，她就会光彩照人，充满斗志。

“准备好了吧？”我问。

“一切就绪。”

我集中精神，试着不去想几乎贴身站着的芭斯蒂，慢慢聚集体内的眼镜侠能量。

接着我屏住气息，释放出力量。

我们在一阵强劲的气流中歪歪斜斜地冲出陷阱。就像钢铁侠一样，脚下的两股气流吹得石头上的粉尘四处飞扬。我的发型被风吹得乱七八糟，而洞口看起来眨眼就到了。我喊了一声，赶紧关闭镜片的力量，不过我们喷气的力量实在太强了。

我们冲出陷阱口之后继续往上飞。我们眼看就撞上天花板了，我忙举起一只手保护，幸好镜片不再喷气之后，地心引力立刻减缓了我们的速度。我们离天花板也就只剩几英寸了，然后开始慢慢下降。

“现在，快踢!”芭斯蒂一边说，一边扭动腰肢用双手对着我的胸口。

“你说什——”我话还没说完，芭斯蒂就用力踢，把我推到洞口一边，她则摔向另一边。

我们分别摔到洞口的两侧。我在地上翻滚，停下来之后，我只能茫茫然地往上看，四周天旋地转。

我们终于逃出来了。我从地上坐起来，手扶着头。在洞口另一侧的芭斯蒂边笑边跳起来。“太不可思议了。”

“你踢我!”我说完话，才觉痛得忍不住呻吟起来。

“哎呀，这是我欠你的嘛，”她说，“别忘了你在龙飞上也踢了我一脚，咱们礼尚往来嘛。”

我扮了个鬼脸。顺便一提，这种互踢在我跟芭斯蒂的关系之中，算是一种友好的象征。我正打算用这种概念来写一本书《踢你的朋友既有趣又有益》。

我突然想起一件事。“我的镜片！”那两块镜片已经碎掉了，散落在洞口边。我摔到地上时，也松手放掉了它们。我爬起来赶过去看，不过它们已经没用了。碎成渣了。

“赶紧把碎片收集起来，”芭斯蒂说，“还可以修复的。”

我心痛地叹了一口气。“也许可以修复吧。但至少在对付乞力马扎罗时，咱们少了一样武器。”

芭斯蒂安静下来。

我已经没有任何攻击型镜片，而芭斯蒂只有一把破的短剑。我们拿什么对付那个怪物？

我拾起地上的碎片，将它们收进一个小袋子里，放回外套口袋。

“我们自由了，”芭斯蒂说，“但我们还是不知道该怎么办。事实上，我们甚至连怎么找到乞力马扎罗都不知道。”

“我们会想出办法的。”我站起来。

她看着我，然后点了点头，**真是出乎我的预料**。“好吧，那么，我们现在怎么办？”

“我们——”

莉雅突然冲进房间，她累得不停喘气。“好啦，我找到你们要的绳子了！”

她伸出一只手，里面却什么也没有。

“呃，谢啦。”我说，“这是条隐身的绳子吗？”

“不是啦，傻瓜。”她笑着说，接着用另一只手的两根手指夹起某种东西。“你看！”

“是引线。”芭斯蒂说。

“是这个吗？”莉雅说，“我刚刚在那边地上找到的。”

“你打算怎么利用这个东西把我们弄出那么深的陷阱？”我问，“我看它不够长，而且就算够长，也承受不了我们的重量。”

莉雅歪着头。“你们要找绳子是为了爬出来啊？”

“废话，”我说，“这样我们才能出来啊。”

“可是，你们已经出来了。”

“我们现在确实出来了，”我恼怒着说，“但是我们当时出不来。我刚才就是要你去找绳子救我们出来。”

“哦！”莉雅说，“哎呀，你早就该这么说明白嘛！”

我只能目瞪口呆地站着。“算了。”然后接过引线。我正要把线塞进口袋时停了下来，灵感突然闪现。

“怎么了？”芭斯蒂问。

我笑了。

“你有办法了？”

我点头。

“什么高招？”

“先保密，等下再告诉你。”我说，“首先，我们要想办法赶到图书馆的中央区域。”

大家相互对望着，不知道该怎么办。

“我在走廊上转悠了一整天，”莉雅说，“那些鬼魂在每个角落不停地推荐他们的书籍给我。我一直解释说我讨厌读书，可是他们都不听。史亚克，如果我没遇到你的足迹，我一定还在寻路！"

"足迹！"我说，"莉雅，你看得见卡兹的足迹吗？"

"当然。"她轻敲着脸上戴着的追踪镜片。

"那就赶紧跟上去吧！"

她点点头，然后领着我们走出了房间。不过我们才出去没几步，她就停下来了。

"怎么了？"我问。

"足迹到这里就没了。"

是他的天赋，我想到了。天赋会让他在图书馆里跳跃行进，带领他到中央部分。我们根本没办法追踪他。

"就这样了。"芭斯蒂的语气极度沮丧。"我们绝对来不及的。"

"不，"我说，"只要我是领导人，我就不准大家放弃。"

她看起来吓了一跳，然后点了点头。"好吧，那我们能怎么办？"

我站在原处思考了一会儿。一定有办法的——情商啊，小子，我脑海中似乎出现了爷爷的声音。比任何刀枪更有威力……

我猛然抬起头，"莉雅，你能不能循着我的脚印回到我一开始出发的地方？"

"没问题。"她说。

"那就走吧。"

她领着我们穿越监牢般的房间与走道。几分钟后，我们离开了图书馆的地牢区，进入书架区。从我丢在地上的那些金条来判断，这里就是我们走过的路。当然，我第一件事就是先把金条装进芭斯蒂的背包。

不，这不是因为我舍不得那些金条。我只是想，如果我们活着出去，有金条总比没有好。（我不知道你们懂不懂，有了这种东西，你们几乎想买什么都可以。）

“很好，”芭斯蒂说，“我们回来了。我并不是要质疑你，伟大的领导人，只是说，就算回到这里我们还是一条迷路啊。我们仍然不知道要往哪里走。”

我伸进一个口袋，拿出辨认镜片，戴上之后，看了看四周的书架。接着我露出笑容。

“怎样?”芭斯蒂问。

“它们什么书都有，对不对?”

“那些馆长是这么说的。”

“所以，它们会依照时间顺序来摆放书籍。每出现一本新书，馆长就会复制下来，放在它们的架上。”

“然后呢?”

“这表示，”我说，“越新的书会摆在图书馆最外围。只要我们找到最古老的书，就能找到中心区域。它们通常会把有史以来的第一批书籍放在那里。”

芭斯蒂正要反驳，突然瞪大眼睛，似乎明白了我的意思。“史亚克，这真是太有才了！”

“一定是刚才掉进陷阱时撞到了头才有这种灵感的，”我说，接着指向走廊一边。“那里，越往那边走，书就愈旧。”

芭斯蒂和莉雅点了点头。于是我们立刻出发。

第18章

Chapter Eighteen

我们几乎快到这第二卷的尾声了，希望你们都很享受这段旅程。我很确定你们现在都有比刚开始读本书时还要更了解这个世界。

事实上，该学的你们大概都学过了。你们知道了图书馆员的阴谋，你们也知道我是个骗子。我想做的一切都已经完成，所以我猜测我应该可以在这里结束了。

谢谢你们读这本书。

全书完。

噢，你们觉得这种结局不够好吗？今天的要求还真高啊，是吧？

行，好吧。我还是为你们把故事讲完，但这并非因为我是个好人。我这么做，只是因为我等不及要看你们读到芭斯蒂死掉时的表情。（你们没忘记这件事吧？我敢说你们一定以为我在说谎。不过我向各位保证，我没说谎。她真的死掉了，等着瞧。）

芭斯蒂、莉雅跟我在图书馆的走廊上全力奔跑。我们经过一个个堆满书的房间，路过摆满卷轴的区域，这里的一切也是按照年份摆放的。我直觉我们很接近图书馆的中心了。

越靠近，我越是担心芭斯蒂的妈妈死了——卡兹很可能碰上危险。我们几乎没有打赢乞力马扎罗的希望。我们实力差太远了，没有好点子，而且正在钻进对方布下的圈套。

然而，我觉得现在不是向其他人解释情况有多糟的时候。我决定要“绷紧嘴唇”，尽管我自己也不太清楚这是什么意思。(可是这听起来似乎很不舒服。)

“好，”我说，“我们得打败这个家伙。我们有哪些法宝?”这些听起来真像是领导人会说的话。

“一把裂掉的短剑，”芭斯蒂说，“如果再受冰霜镜片一次攻击，大概就毁了。”

“我们有那条线。”莉雅跟在我们身后跑着，一边戳着芭斯蒂的背包。“还有……那看起来像是两块松饼。噢，还有一双靴子。”

好极了，我心想。“呃，我只剩三副镜片：第一，我的眼镜侠镜片，这应该派不上用场，因为爷爷到现在都懒得教我怎么用它们来对敌；第二，辨认镜片，这能带我们到图书馆中央；最后，我们有莉雅戴着的追踪镜片。”

“再加上你在墓里发现的那一副镜片。”芭斯蒂提醒我。

“可惜的是，到目前为止，我们还不知道该如何使用它。”

芭斯蒂点头。“不过，我们还有两位史麦卓家族的大咖，也就是说起码还有两项天赋。”

“有道理。”我说，“莉雅，你一定要睡着再醒来才能发挥天赋吗?”

“当然啊，傻瓜。”她说，“如果我不睡着，怎么可能醒来然后变丑!”

我叹了一口气。

“我对睡觉可是非常在行的哦。”她说。

“呃，那倒是不错。”我咕哝着说。接着，我咒骂了自己一声。“我是说，我们要勇往直前啊，战士们!”

芭斯蒂听了直皱眉。

“有点太过火了?”

“一点点啦。”她冷淡地说，“我——”

我举起一只手打断她的话，我们立刻在陈旧的走廊上停下脚步。古老的油灯在走廊两侧幽灵般忽隐忽现地发着微光，三位馆长飘到我们身前，阴魂不散，随时等待机会卖书籍给我们。

“怎么了?”芭斯蒂问。

“我感觉得到那个怪物，”我说，“至少感应得到他的镜片。”

“所以他也能感应到我们?”

我摇摇头。“书籍骨头并不是真正的眼镜侠。那些血炼镜片或许让他具有攻击力，但我们在情商上占了优势。我们……”

我因为注意到某件事而分心了。

“史亚克?”芭斯蒂继续问。我并没理会她。

在前方拱门上的墙面有些潦草的字迹，看起来就像还不会写字的小孩在涂鸦一样。在我眼里看来，那些字散发出纯白色的光芒。

这是辨认镜片的效果。也就是说，这些潦草的字迹不是很新，是几天前留下的。跟走廊上的古老石头和卷轴比起来，字迹似乎发出了最纯净的白光。

“史亚克，”芭斯蒂用气音说，“到底怎么了?”

“那是遗忘之语。”我指着字迹说。

“什么?”

对她而言，那些字迹几乎无法辨识。我也是因为戴着辨认镜片才能清楚看见的。

“看仔细一点。”我说。

她总算点了点头。“好吧，我想我是看到了几行东西。那又怎么样?”

“字迹很新，”我说，“是最近几天才写的。因此，如果那真是遗忘之语，只有戴着翻译镜片的人才写得出来。”

她似乎明白了我的意思。“也就是说……”

“我爸爸来过这里。”我抬头看着那些记号。“可是我无法读懂他的留言，因为我把镜片交出去了。”

大家都沉默下来。

我爸爸拥有能预见未来的镜片，他会不会是指点我打败乞力马扎罗的秘诀?

我觉得十分灰心，这些字迹根本无法解读。*如果爸爸真的预见了未来，他难道没预料我已经没有翻译镜片了吗?*

不——爷爷说预知镜片很不可靠，而且提供的讯息并不连贯。所以爸爸很有可能确实预见了我跟乞力马扎罗决斗，但他并不知道我已经失去了翻译镜片。

为了确认，我将从史亚克一世墓里得到的镜片拿出来试试运气。但这不是翻译镜片，无法让我看懂留言。我叹了口气，无奈地将镜片收好。

情商，我半点情商也没有。现在我终于慢慢理解爷爷一直想强调的重点了。想赢得胜利，不一定要拥有为数最多的军队或者最终极的杀器，而是要能理解并掌控状况。

“史亚克，”芭斯蒂说，“拜托，我母亲她……”

我看着她。芭斯蒂很坚强，她不是装出来的，这点跟某些人不一样。然而，我却见过她在一些情况下格外担心的样子。那都是因为她所爱的人陷入了危险。

我不确定卓尔琳值不值得芭斯蒂这么忠诚地对待，但我不会质疑一个女孩对她母亲的爱。

“好吧，”我说，“抱歉。我们晚点再回来这里。”

芭斯蒂点头。“你要我去前面侦查一下吗?”

“好啊，不过要小心，我感觉得到乞力马扎罗就在前方不远处。”

就算不说，她也会小心的。我转向莉雅。“你最快多久能睡着?”

“噢，大概五分钟吧。”

“那就抓紧时间吧。”我命令。

“我应该想着谁?”她问。“我醒来后就会变成我想的那个人。”她扮了个鬼脸。

“要看情况，”我说，“你天赋能运用的范围有多广？如果你想得到的话，能够变成什么东西？”

“有一次我梦见火热的天气，醒来之后就变成一个冰激凌。”

唔，我心想，真是令人敬佩了。总之，这表示她的天赋应用范围很广，比卡兹说的还广。

几秒钟之后，芭斯蒂回来了。“他在那里，”她低声说，“正在用通话镜片交谈，不过由于图书馆有干扰，所以没成功。我猜他是想该怎么处置你。”

“你妈妈呢？”

“绑在房间一侧，”芭斯蒂说，“他们在一个很大的圆形房间里，墙边摆满了卷轴。史亚克……他还把卡兹抓起来了，然后跟我母亲绑在一起。如果身体不能活动的话，卡兹即使有天赋，也没法使用。”

“那么你妈妈呢？”我问，“她的状况如何？”

芭斯蒂的脸色显得很沉重。“从这个角度我看不清楚。不过我知道她还没恢复。乞力马扎罗一定还把她的肉石带在身上。”她抽出短剑。

我眉头深锁，然后看着莉雅。

“所以我到底要变成谁？”她边说边打哈欠。她看起来已经昏昏欲睡了，这点我不得不称赞她。

“把短剑收起来。芭斯蒂，”我说，“我们不需要它。”

“这是我们唯一的武器了！”她反驳。

“其实，我们不只有这项武器。我们还有更棒的……”

＊＊＊

你们确定我不能在此结束这本书？我是说，下个部分真的没那么重要啦，真的。

行，好吧。

芭斯蒂跟我冲进了房间。里面就和她描述的一样，是间很宽的圆形房间，上面有个圆顶，外围的架子上摆满卷轴，我不用戴辨认镜片也知道这些卷轴很古老。令人惊讶的是它们竟然没有腐朽。

一群幽灵似的图书馆员穿过房间，有几个正低声对卡兹跟卓尔琳说些诱惑的话语。两个俘虏躺在地上（卡兹看起来很烦躁，卓尔琳则是魂不守舍），正好面对着芭斯蒂跟我进来的房门。

乞力马扎罗站在俘虏附近，水晶剑摆在他旁边一张古老的书桌上。他抬起头看见我们进来，似乎吓了一大跳。他可能知道自己会遇上麻烦，但显然没料到我会直接冲进来。

老实说，我自己也很惊讶。

卡兹开始更用力挣扎了，而一位幽灵图书馆员也正飘过去，面带威胁地逼近。乞力马扎罗狞笑了，半边脸的嘴唇上翻，另外半边的金属脸也随之扭曲，他那颗玻璃眼珠子周围的齿轮、螺栓、螺丝钉不停地工作着。接着，他一只手立刻抓起卓尔琳的水晶剑，另一只拿出一块镜片。

“谢啦，史麦卓，”他说，“你们自投罗网，我也省了去抓你的麻烦。”

我们往前冲。当时的情况，大概仍是我至今见过最滑稽的场面之一。两个刚进入青春期的小孩，几乎是赤手空拳，就这样直接冲向一个身高七英尺、手里握着水晶剑的终结者似的图书馆怪兽。

芭斯蒂怕我被落在后面太远，放慢了速度，因此我们两人同时出现在他面前。我觉得我的心开始焦躁地不规则跳动起来。

我在干嘛？

乞力马扎罗挥出一剑了。当然，他攻击的目标是我。我迅速打了个滚，感觉水晶剑咻的一声掠过我的头顶。芭斯蒂趁乞力马扎罗分心的一刹那，迅速从背包抓出一只靴子砸向他的头。

靴子的底部打了个正着，紧爪玻璃随即粘住乞力马扎罗的左眼。鞋头延伸过它的鼻梁，跨过它另外半边脸，几乎也完全挡住了他另一只肉眼的视线。

他站在原地愣了一会儿，看来是对我们突如其来的招数没有一丝准备。这大概就是脸上被神奇大靴子击中的人会有的一刹那发蒙效果。接着，他咒骂了一声，笨拙地伸手想将靴子抓下来。

我匆忙站了起来。芭斯蒂取出第二只靴子，瞄准之后，往乞力马扎罗皮带上系着的袋子砸了过去。靴子粘住了袋里的玻璃，而芭斯蒂立刻猛拉手中的引线——当然，引线是绑在靴子上的。

袋子被扯掉了，芭斯蒂迅速将线、靴子、袋子都拉回手里，看起来就像个没钱买钓竿的古怪渔夫。她冲我笑了笑，然后打开袋子，向我展示里面粘着靴子的那块水晶。

她将东西扔给我。我接过靴子，消除了玻璃的力量，袋子随即落到我手上。我在里头找到了肉石，再抛给芭斯蒂，我还找到了其他宝贝——一块镜片。

我满心期待地拿出来。然而，这并不是我的翻译镜片，而是乞力马扎罗用来跟踪我们的邪恶镜片。

我们一会再来说翻译镜片的事，我心想。现在没时间了。

乞力马扎罗怒吼着，用一只手塞进靴子里，做出走路的姿势，把靴子拉开了。紧爪玻璃松脱后，乞力马扎罗便将靴子扔到一旁。

我吞了口口水，他反应该没有这么快的。

“这招不错嘛。”他边说边对我挥剑。我仓猝躲开，回头往出口的方向冲。不过乞力马扎罗已经举起冰霜镜片，准备朝我的后背发射了。

“嘿，乞力马扎罗！”突然有个声音大喊，“我挣脱啦，而且我正对你做鬼脸呢！”

乞力马扎罗吃惊地回头，发现卡兹站在身后，身上没有了绳子，还笑得很开心。一位图书馆员飘到卡兹身边，但是这位图书馆员有脚，而且外观也变得愈来愈像莉雅，看来她的天赋快消失了。刚才我们是要她装成鬼的，叫她先进来替俘虏松绑。

乞力马扎罗又惊呆了一会儿。芭斯蒂乘机将她妈妈的肉石扔给卡兹。他接住之后，立刻抓住卓尔琳的绳子（她还被绑着），莉雅则抓住另一边，两人一起拖着她跑开了。

乞力马扎罗被气得嗥嗥大叫，那种半金属的声音听起来真是可怕。他将冰霜镜片转了个向，射出一道蓝色光束。

不过卡兹已经发挥天赋，将其他两个人带到图书馆的某个安全处所了。

“史亚克!”我跑到门口时，乞力马扎罗这么喊着。“我会追杀你的，就算你今天逃掉了，我还是会追着你。你永远别想摆脱我!”

我暂停脚步。芭斯蒂应该已经跑出来了才对。可是，刚才将肉石抛给卡兹后，她就没离开，一直待在房间中央。

她注视着乞力马扎罗。他注意到她的存在，缓缓转身。

跑啊，芭斯蒂！我心想。

她跑了，直接跑向乞力马扎罗。

“不要啊!”我大喊。

后来等我有时间静下来思考时，我才知道芭斯蒂这么做的目的。她知道乞力马扎罗不是唬人的。他本来就打算追捕我们，而且他是个赏金猎人。他还能在我们离开图书馆前就找到我们。

想摆脱他，只有一个办法——那就是面对他，就是现在。

当时我并不清楚这一点，我只觉得她实在蠢到极点了，不过，我做了一件更笨的事。

我冲回房间里。

第 19 章

Chapter Nineteen

生命并不公平。

如果你是具有高度鉴赏的读者（你应该是，毕竟你选了这本书），那么你就应该知道这一点——无论如何，生命并不怎么公平。

不公平处在于有些人很富有，有些则是穷得要命。不公平处在于我可以像现在这样闲聊，而不是继续说出故事的高潮。不公平处在于我简直帅得天妒人怨，而大部分人却都非常普通。不公平处在于 diphfhong 这个單字念起来那么好听，它的意思（双线音）却那么无聊。

没错，生命并不公平。然而，生命却很有趣。

你只能对它一笑置之。有些日子里，你得无聊地坐在椅子上喝着热可可。有些日子里，你得用强风将自己吹出大洞，然后跑去跟一个抓了你朋友妈妈的半人半机器的怪物打架。有些日子里，你必须打扮得像只绿色老鼠，然后不断绕圈跳舞，旁边的人还一直拿石榴砸你。

别问了。

我认为读者应该从这本书中学到两件事。在下一章，我会滔滔不绝地向各位讲述第二件事，不过在这里我可以先说第一件，而且这件也比较有趣——请记住要笑，这对你很好。（而且，你笑的时候，我更容易用石榴砸中你。）

好事情发生时，记得要笑。坏事情发生时，记得也要笑。当你觉得生命无聊透顶，完全找不到有趣的事物，更要记得笑。

当书的内容临近尾声，结局并不快乐，也要记得笑。

这不在计划中啊，我边冲回房间边焦急地想，如果大家都不照计划来，那还计划干嘛？

乞力马扎罗启动冰霜镜片，射向芭斯蒂。她扔下背包，抽出短剑，直接迎向冰冷的光束。短剑碎了，她的手又变成了蓝色，不过她争取到足够的时间接近乞力马扎罗，立刻用另一只手朝他胃部狠狠一击。

乞力马扎罗痛苦地“哦”了一声，摇摇晃晃走了几步。他气得拿剑猛砍向芭斯蒂。我不知道她怎么办到的，但她躲过了攻击，剑身打到地上时发出刺耳的声响。

她的速度真快！我心想。她已经绕到乞力马扎罗身后，冲着他的肋骨使劲踢了一脚。虽然他看起来很痛，却没像一般人被击中那样痛得倒地不起。他可是半个活化物；普通的武器杀不了这家伙，只有眼镜侠才杀得了他。

我离他们愈来愈近了。乞力马扎罗猛一转身，用肩膀撞在芭斯蒂的胸口上。她向后摔在地上，乞力马扎罗便得意地笑了起来，举起冰霜镜片对准她。

“不要!”我大喊。不过我身上只有一只装着紧爪玻璃的靴子。于是我把它扔了出去。

镜片开始发光。幸好，这是我这辈子第一次投得那么准，靴子直接粘住了他的镜片。镜片发射时，在靴子周围形成一大块冰，使鞋子变重往下垂，而冰块也填满了靴子的内部，让乞力马扎罗无法伸手进去将鞋脱掉。

乞力马扎罗大声怒骂，一边用力甩手。这时，我发现我还抓着绑在靴子上的引线。我想我应该能将冰霜镜片拉过来，于是使劲往回一拉。

我没考虑到乞力马扎罗也会往回拉。而他比我强壮得多。他的力道让线在我手上勒下深深的痕迹，还把我整个人拉得腾空而起。我惊叫一声摔在地上，我的天赋自动在乞力马扎罗把我拉过去之前就把引线拉断了。我头晕目眩地抬起头，看见手上还绕着约十英尺长的线。

乞力马扎罗弄掉了粘在他手上的镜片与靴子，把两个东西扔到一边。芭斯蒂正从地上爬起来。她少了那件外套之后，尽管在龙飞坠毁时就弄破了，就变得跟普通人一样无法承受多大打击，而乞力马扎罗刚刚才用金属肩膀猛撞了她一下。她还走得动？我很怀疑。

乞力马扎罗双手举起水晶剑，然后对着我们两个人一阵狂笑。他似乎完全不把我们放在眼里。然而，这种态度却让芭斯蒂变得更加坚定。她不顾我的警告，再次冲向那个怪物。

她还敢说我们史麦卓家的人都是疯子！我泄气地想着，一边在地上撑起身体。正当乞力马扎罗举起武器砍向芭斯蒂时，我一只手拍在地上，释放出一波巨大的破坏之力。

地板裂开了，石头碎裂，几块地板变成了瓦砾，发出震耳欲聋的可怕爆裂声。乞力马扎罗悠闲地往旁边站了站，扬起一边的金属眉毛，瞄着出现在他后方墙上的裂缝。

“这么做到底有什么用?”他看着我问。

“本来是想让你重心不稳，”我说，“不过正好也能让你分心。”

这时，芭斯蒂擒抱住他。

乞力马扎罗大叫一声摔到地上，松开了手里的水晶剑。他摔倒时，有个东西从他口袋里掉出来，滑到了地上。

是我的翻译镜片。

我惊呼着冲上前去。在我后方的芭斯蒂抓起水晶剑，哼了一声。不过乞力马扎罗实在是太强壮了，他用金属手抓住她的脚，将她甩到一边，使她手里的剑也掉在地上。

她撞到墙上，发出“砰”的一声巨响，听起来情况不妙。我惊恐地转过身来。

芭斯蒂贴着墙面滑到地上，看起来十分不妙。她的额头因为一处割伤而流血，一只手也因冻伤而变成蓝色。她侧着身子想站起来，但是力气不够又摔倒在地，露出十分痛苦的神色。她的情况似乎非常糟。

乞力马扎罗站起来，重新夺回了水晶剑。他摇摇头，像是要让自己清醒点。接着用非金属的手拿出另一块镜片。那是能将东西吸向他的反暴风镜片。

将镜片对准芭斯蒂。她痛苦地呻吟着，可是连站都站不起来，只能倒在地上被拉向他。乞力马扎罗得意地举起了水晶剑。

我扑向翻译镜片，它就掉在其中一面摆满卷轴的墙边。我跪到镜片边，赶紧收起来。

“哈哈！”乞力马扎罗说，“你的朋友命悬一线了，你还去捡那副镜片。我还以为史麦卓家的人应该都是具有荣誉感的勇士呢！现在我们知道你们这些人碰上危险时是什么德行啦！”

我跪在地上，背对着乞力马扎罗，手拿着翻译镜片。我知道我不能让他拿到这副眼镜——就算我跟芭斯蒂都活不了……

我转过头去，看见芭斯蒂停在乞力马扎罗身前。她闭着眼睛，似乎连呼吸的力气都没了。他举起卓尔琳的剑，就要杀掉她了。

这里不是我警告过你们的部分，不是我之前说过你们会讨厌的部分，不好意思啊。

我往房间的出口猛冲。

乞力马扎罗胜利的笑声又高了几分贝。“我就知道！”

就在此时，我迟疑了，我也因此跌倒。我脸朝下趴倒在不平坦的地板上，翻译镜片就从我指间滑落，在石头地板上滚动着，离我愈来愈远。“不！”我大喊。

“啊哈！”乞力马扎罗说，接着就将他的反暴风镜片对准翻译镜片，一鼓作气吸向他。我看着镜片飞起来，然后再瞪着乞力马扎罗的眼睛（一只肉眼，一只玻璃眼），他正因即将到手的胜利而兴高采烈。

接着，轮到我开怀大笑了。我猜他将翻译镜片吸过去时，也该注意到镜框上面绑着引线吧。

这是条细到几乎看不见的引线，它就从眼镜上头延伸过整个房间，一直到我刚刚跪倒的墙边。

我就是在这里将线绑在其中一个卷轴上的。

乞力马扎罗拾起镜片，引线也被拉紧了，将卷轴扯到了地上。

他的眼睛突然瞪大，嘴巴大张，吓得说不出话来。翻译镜片掉到他前面的地上了。

图书馆员们立刻包围了乞力马扎罗。“你拿了一本书！”其中一个兴奋地大喊着。

“不！”乞力马扎罗边说边往后退。“那是意外！”

“你没签合约，”另一个图书馆员笑着说，“可是你拿了一本书。”

“哈哈，你的灵魂属于我们了。”

“不！”

我被他那痛苦的叫声吓得只打冷战。乞力马扎罗愤怒地冲向我，不过已经太迟了，他的脚下突然蹦出一团火，包围了他，烧得他怪叫起来。

“你死定了，史麦卓！图书馆员会杀掉你的！他们会用你的鲜血制成镜片，消灭你的国度，毁掉你所爱的一切，让那些追随你的人当奴隶。你或许打败了我，但是你死定了！”

我战抖着。火焰吞噬掉乞力马扎罗，发出一阵让我不得不遮住眼睛的耀眼亮光。

接着，一切都消失了。我眨了眨眼，驱除刚才的残留的影像，看见一个只有半颗头骨的图书馆员盘旋在乞力马扎罗刚才所站之处。地上散落了一堆废弃的螺帽、螺栓、齿轮、弹簧……

只有半个头骨的馆长飘到房间一侧，小心翼翼地将拉出的卷轴放回原位。我挪开视线，现在还有更重要的事要担心。

“芭斯蒂！”我冲向她。她的嘴唇上在淌血，全身好像到处都有瘀青和伤口。我跪在她身边。

她轻轻呻吟着，我差点喘不过气来。

“用引线绑卷轴那招，”她轻声说，“干得漂亮了。”

“谢了。”她开始咳嗽，吐出了一点血。

以最高级的沙之名啊，我突然惊恐地想着。*不要，这不可能！*

“芭斯蒂，我……”我的眼眶里布满泪水。“我的速度不够快，也不够聪明，我很抱歉。”

“你在胡说什么？”

我眨着眼。“呃，你看起来状况有点糟，而且……”

“闭嘴，扶着我。”她摇摇晃晃地想站起来。

我注视着她。

“干嘛？”她说，“我又不是要死了或怎样的。我只是断了几根肋骨，不小心咬到舌头而已。碎玻璃啊，史亚克，你从头到尾都得搞得像在演微电影吗？”

她边说边试着伸展身体，然后露出疼痛的表情，蹒跚地走到水晶剑旁，把剑捡起来。

我也站了起来，一方面松了口气，一方面也觉得自己有点蠢。我走到翻译镜片旁，小心解开上面绑着的引线，接着将镜片放回口袋原来的位置。我看见卡兹从房间外探头进来，显然他已经将卓尔琳跟莉雅安置妥当了。他一看到我和芭斯蒂，马上就开心地走进来。

“史亚克，孩子啊，我真不敢相信你还活着！”

“我知道，”我说，“我本来以为我们其中一个人死定了。要是我以后会写回忆录，这里的情节一定会很无聊，因为没人能用极为生动的方式描写自己被杀的样子。”

芭斯蒂哼了一声，走到我们身边，她一只手按着身体一侧的腹部。“你这么说还真能鼓舞人啊，史亚克。”

“是你不遵守计划的。”我说。

“怎么？乞力马扎罗的速度比你快。你计划要怎么让他追不上你？”

“我……没法保证。”我只能承认。

卡兹笑了。“乞力马扎罗到底怎么了？”

我指着那个只有半颗骷髅头的图书馆员。“他正在寻找自己的灵魂，”我说，“你可以说他正以灵魂深处的使命感来保护这些书。他大概会很享受这种空灵的生活方式吧。”

“我能揍他吗？”芭斯蒂冷漠地说。

我笑了。接着，我注意到地上的某个东西。我将它拾了起来，是一块黄色镜片。

“那是什么?”

“追踪镜片,”我说,“是乞力马扎罗的。这块镜片本来跟卓尔琳的肉石一起装在袋子里的。”

“我母亲,”芭斯蒂说,“她怎么样了?”

“我很好。”卓尔琳回答。我们全都转身过去,她跟羞怯的莉雅就站在门口。

“很好”这个形容词太夸大了——卓尔琳还是很苍白,看起来就像久病未愈的人。不过她进房间走向我们时,脚步倒是很沉稳。

“史亚克阁下,”她边说边单膝跪地。“我令你失望了。”

“胡说。”我说。

“书籍骨头帮的图书馆员抓住了我。”她说,“我困在陷阱里,被绑起来,而他不费吹灰之力就抓住了我,这令我们的团体十分丢脸。”

我翻了白眼。“我们其他人也被陷阱困住过啊,只是我们刚好够幸运,在乞力马扎罗找到之前勉强脱身。”

卓尔琳仍然躬着身子。我看见她的后颈上有块闪亮的水晶,看来她的肉石已经装回去了。

“起来,别再自责了。”我说,“我是认真的。你做得很好,你让我们鼓起面对乞力马扎罗的勇气,重要的是我们获胜了。所以,你也有功劳。”

卓尔琳站了起来,但看起来还是很不高兴。她又摆出那副等待检阅的姿势,直盯着前方。“就听你的,史亚克阁下。”

“母亲。”芭斯蒂说。

卓尔琳低下头。

“拿去吧。”芭斯蒂递出水晶剑。

我震惊无比，不断眨眼。我还以为芭斯蒂会把剑据为己有。

卓尔琳迟疑了片刻，伸手接过剑。“谢谢你。”她边说边将剑插回剑鞘。“你现在有什么计划，史亚克阁下?”

“我……还没想好。”我说。

“那么我会在这房间周围警戒。”卓尔琳向我鞠躬，接着走到门口，做出守卫姿势。芭斯蒂走向另一个门口，但我抓住了她的手臂。

“那个女人应该请求你的原谅才对。”

“为什么?”芭斯蒂问。

“你丢了剑就陷入这么多麻烦，”我说，“而卓尔琳现在的情况也没比你好，不是吗?”

“可是她拿回了她的剑。”

“所以呢?”

“所以，她又没有把剑弄坏。”

“那是因为我们的缘故。”

“不，”芭斯蒂说，“那是因为你，史亚克。乞力马扎罗打败了我，就跟上次市区图书馆里的活化物一样。而这两次都是你救我的。”

“我……”

芭斯蒂轻轻地将我的手掰开。“我很感激，史亚克，真的。如果不是你，我早就死了好几次。”

话一说完，她就走开了。虽然她亲口对我说谢谢，但我却从没像现在这么感到沮丧过。

事情没有这么容易就解决的，我心想。芭斯蒂仍然觉得自己很失败。

我们一定得做点什么才行。

“你要毁掉那个东西吗，孩子?”卡兹问。

我低下头，发现我还拿着乞力马扎罗的追踪镜片。

“它具有超级眼镜侠的能量哦，”卡兹边说边摸着下巴。“血炼镜片是很邪恶的东西。”

“我们是应该毁掉它，”我说，“至少把它交给知道怎么处理的人，我……”

(很明显地)我分心了。

“怎么了?”卡兹问。

我没回答他。透过这块追踪镜片，我好像看到了某个东西。于是我把镜片举到眼前，惊讶地发现地上有足迹。当然，脚印非常多，包括我的、芭斯蒂的，甚至乞力马扎罗的，不过他的足迹消失得很快，因为我跟他不熟。然而，更重要的是，我看见了三组非常明显的脚印，它们全通向房间远处一扇毫不起眼的小门。

其中一组是爷爷的脚印；另一组散发着黄黑色亮光，或许是我妈妈的；最后一组则射出刺眼的红白光，不用说一定是我爸爸的。脚印全通过了那扇门，但没有任何人出来。

“嘿，”我转身问一个离我最近的图书馆员，“那扇门后面有什么?”

“失去灵魂、成为馆长的人会留下物品，而我们得将这些物品收集到那个房间里。”图书馆员用暴躁的语气说。没错，我看见几位图书馆员正在收拾乞力马扎罗遗留下来的东西，包括散落的破旧零件跟他身上穿的衣服。

我放下追踪镜片。“走吧，”我对其他人说，“我们差点忘了为什么来这里了呢。”

“我们来这里的目的是什么?”卡兹问。

我指着那扇门。“为了找出门后有什么。”

第20章

Chapter Twenty

Hangook Maiha Gima Ship SHio.

期望，是所有存在的事物中最重要的一种东西。（这点非常有趣，因为你们可以说这种东西根本就不“存在”，因为它只是抽象的概念。）

我们所做、所说、所经历过的一切，全都受到我们期望的影响。我们上学或上班，是因为我们预期这么做会得有我们所期待结果。（或者应该说，我们至少也预期如果不这么做，就会有麻烦。）

我们根据期望来建立友谊。我们预期朋友会有何种举止，而我们的举止也会合乎朋友的期望。甚至，我们每天起床时都预期太阳会升起，世界会继续运转，鞋子的尺寸很适合，一切都跟前一天一样。

如果你们没有达到他人的期望，他们就会觉得你很麻烦，甚至一无是处。举例来说，你们大概没预期我在这一章的开头会写外文。不过话又说回来，在听过小兔子与大箭筒的故事之后，你们应该不会对这本书有任何期望吧。

朋友们，这可是重点啊。

在你们之中，有半数是住在哈嘘国的人。我曾经也是个哈嘘人，所以我不会天真地以为你们全都相信我的故事。你们大概读过我的第一本自传，觉得很有趣。而你们会读这本书，并不是因为你们相信里面的内容，而是因为你们预期自己会读到另一个有趣的故事。

期望，我们非常依靠这种东西。正因如此，有许多哈嘘人难以接受自由国度的存在，也不相信图书馆员会有阴谋。你们不会预期一觉醒来之后，发现自己认知中的历史、地理、信念和关系全都充满了混乱。

所以，你们应该也能慢慢明白我的论点了。拥有大箭筒的小兔子、不断修补的船（这个一会儿再谈）、用数字构成的头像、矮个子眼中所见的世界、鞋子跟鱼的教训，这些例子全都是为了证明你们一定要心胸开阔，因为你们相信的每件事不一定都是事实，而你们预期会发生的事也有可能根本就没有发生。

或许这本书对你们而言没有任何意义；或许你们觉得我的幽灵图书馆员与魔法镜片故事实在很荒唐透顶，看过就可以扔进垃圾桶了；也许你们觉得这个故事跟你们没关系，因为里面叙述的人离你们非常遥远，或者说根本不存在。

我希望你们不要这样，因为我也有我的期望，而我的小小期望就是你们能理解我的良苦用心。

另一扇门后是一条长长的走廊，走廊的尽头还有一扇门，在那扇门后有间很普通的小房间。

房间里坐着一个人。他坐在一个布满灰尘的板条箱上，盯着身前的地上。他并非被关住，应该是自己坐在这里思考着什么事情。

而且还在不停地哭泣。

“爷爷?”我惊喜地问道。

史理文抬头看着我，他是自由国度的眼镜大侠，也是许多国王跟权贵的挚友。我才几天没见到他，感觉却像过了好几十年。他冲我微笑，但眼神中充满悲伤。

“史亚克，好小伙子啊。”他说，“哈哈叮得铃，你真的找到我啦!”

我冲上前去一把抱住他。卡兹跟莉雅走了进来，芭斯蒂跟卓尔琳则站在门口守卫。

“嗨，老爸。”卡兹举起一只手致意。

“卡兹安!”爷爷说，“哎呀，我猜你想带坏你的侄子，对吧?”

卡兹耸耸肩。“总会有人这么做的。”

爷爷笑了——不太对劲……他的表情还是带有悲伤。他不像以前那样乐呵呵的，就连他耳朵后面那一小绺胡须似乎都显得很沮丧。

“爷爷，怎么了?”我问。

“噢，没事啦，小伙子。”爷爷将手搭在我肩膀上。“我……真的不应该再难过了。我是说，你父亲都已经走了十三年了!在这段时期里，我一直抱着希望，我以为我们一定会在这里找到他。不过，看来我还是来晚了。”

“什么意思?”我问。

“噢，我没拿给你看吗?”他将某个东西递给我，是一张纸条。“我在房间里找到的。显然你母亲已经来过这里，将史提卡的个人物品领走了。夏斯塔真是个精明的女人啊，即使我的天赋没发挥作用，她每次还是比我快一步。我们还没到这间图书馆时，她就已经离开了。然而，她却留了这张纸条。我真不知道为什么。”

我低头读纸条上的内容。

上头写着：

老爸，

我猜你已经收到了我的信，知道史提卡要来亚历山大图书馆的事。现在你大概也知道，我们两个都来不及阻止他干傻事了。他本来就是个驴蛋。

我确定他已经放弃了灵魂，但我清楚他的目的。那些可恶的馆员只会对我说些废话。我拿走了他的物品。不管你怎么说，我是他的妻子，而这是我的权利。

我知道你不在乎我，我并不在意。但是看到史提卡终于走了，我很难过。他不应该糊涂地死去。

图书馆员现在已经拥有打败你的工具了，可惜我们无法达成共识。史提卡已经走了，无论你信或不信，我都不在乎。我想我应该留下这张纸条告知你。这是我欠他的。

夏斯塔

我看完纸条，沮丧地抬起头。

爷爷的眼眶里还是盈满泪水，他没看我，而是看着墙壁，眼神一片茫然。“对，我老早就不应该难过了，看来当时我延迟了这种情绪。真的太晚了……”

卡兹从我背后探头读完了纸条。“肉豆蔻啊！”他指着纸条咒骂着。“我们不相信这些话呢，对吧？夏斯塔是图书馆员，她是个说谎的叛徒！”

“她没说谎啊，卡兹，”爷爷说，“至少关于你哥哥的事她说了实话。图书馆员也证实了这件事，而且他们不能骗人。史提卡已经变成他们其中一分子了。”

没人反驳爷爷的话。这是事实，我感觉得出来。透过追踪镜片，我甚至能看见爸爸足迹的终止之处，而妈妈的足迹从另一扇门离开了。

天赋感觉到我的沮丧情绪，使我脚下的地面开始产生裂缝，而我也觉得自己好像在重击着某个东西。我们千辛万苦到这里来，得到的却是这种结果。**为什么？为什么爸爸要做这么傻的事？**

“他一直都太好奇了。”卡兹边说边将一只手放到爷爷肩膀上。“我早就告诉过他，这会害他没有好下场的。”

爷爷点点头。“唉，至少他得到了他一直想要的知识。他可以读任何书，学习他感兴趣的东西。”

爷爷说完话之后站了起来。我们跟着他走出房间，经过走廊，穿越中央的大房间，到了外面的书架区，几位馆长跟在后头，想必是希望我们在离开前的最后时刻会犯错而献上灵魂。

我叹了口气，然后转身看了最后一眼老爸的丧生之地。结果，我发现了门口上方的潦草字迹，也就是最初刻在石墙上但我看不懂的留言。我眉头深锁，拿出翻译镜片戴上。留言的内容很简单，只有一句话。

我不是笨蛋。

我眨了眨眼。爷爷跟卡兹正低声谈论爸爸有多傻。

我不是笨蛋。

人会为了什么而放弃灵魂？为了无限的知识，值得吗？*况且你还无法运用这些知识？无法与其他人分享？*

除非……

我突然愣住，使得大家停下脚步。我看着附近一位图书馆员。“如果有人在图书馆里写字，你们会怎么办？”

馆长听到我的问题似乎很困惑。“我们会取走对方写的东西，复制下来，在一个钟头之后将复制品归还。”

“如果那个人是在放弃灵魂之前写的呢？”我问，“如果对方成为图书馆员之后，你们要怎么归还？”

馆长的眼神移开了。

“你不能说谎！”我指着他说。

“我可以选择不回答。”

“但你不能归还对方的物品。”我仍然指着他。“要是我爸爸在失去灵魂之前写了东西，那么除非我妈妈有询问，否则你们就不用交还给她。如果我要求的话，你们一定得交还给我。而我现在就要，拿来。”

馆长发出嘶嘶吸气声。接着，我们周围的全部图书馆员都发出了嘶嘶声。我对着他们嘶回去。

呃……我也不清楚自己干嘛这么做。

最后，有个图书馆员飘了过来，透明的手上拿着一张纸条。“这不算拿走你们的书吧?”我犹豫地问。

“这不是我们的东西。”馆长说完，就将纸条扔到我脚边。

其他人显得十分疑惑，但我没理会他们，抓起纸条就开始读。我没料到上面会写这些。

纸条上写着:

很简单，图书馆员们跟这世界上大多数的事物一样，都受到规则的限制。他们的规则很奇怪，但绝对不能违背。

重点就在于，跟图书馆员签署合约时，不要拥有自己的灵魂就好啦。因此，我要将我的灵魂留给我的儿子，史亚克。我将灵魂转让给他，他才是拥有我灵魂的人。

我抬起头。

“上面写什么啊，孩子?”爷爷问。

“你会怎么办呢，爷爷?”我问，“如果你不是为特定一本书，而是想知道图书馆里所有知识，你会用灵魂向图书馆员们要求看哪本书?”

爷爷耸了耸肩。“喂喂洛司基，小伙子，我不知道啊!反正你失去灵魂之后就能读图书馆内其他的书了，所以你一开始要求看哪本书根本就没有区别啊，不是吗?”

“事实上，有区别。”我低声说，“图书馆里有全人类的知识。”

“所以呢?”芭斯蒂问。

“所以，这里有解决一切问题的答案。假如是我，我知道我要先看哪一本。”我盯着图书馆员们。“我会先看教我如何在变成图书馆员后还能取回灵魂的书！”

大家震惊到说不出话来，图书馆员们突然开始飘离我们。

“图书馆员！”我大喊，“这张纸条写着史提卡将他的灵魂转让给我！你们以不正当的方式取走他的灵魂，现在还给我吧！”

其中一位图书馆员突然转过身来，丢掉身上的披风，着火的眼睛熄灭了，变成了人类的眼珠。骷髅头开始肿胀，长出血肉，渐渐形成一张看起来像是老鹰而又有些贵族气质的面孔。

他抛开长袍，里面穿着一套礼服。“啊哈！”他说，“我就知道你会想出来的，儿子啊！”他转过身，指着盘旋在半空中的图书馆员。“谢谢你们大方地让我翻查这里的所有图书啊，老妖怪们！我打败你们啦，我就说我行的！”

“噢，哎呀。”爷爷笑着说，“这下我们没办法让他闭嘴了。他死掉了，现在竟然又死而复生。”

“是他没错吧？”我问，“我的……爸爸？”

“没错，”爷爷说，“是有血有肉的史提卡。哈！我早就该知道的。假如有哪个人能失去灵魂之后又找回来，那一定非史提卡莫属啊！”

“父亲，卡兹！”史提卡边说边走过去抱住他们。“我们有很多事要做！”自由国度非常危险了！你们取回我的物品了吗?"

“事实上,”我说,“你老婆取走了。”

史提卡愣住了,然后转过来看着我。虽然他以前曾写信给我,但现在似乎是第一次见到我。“哎呀,”他说,“那她拿了我的翻译镜片啰?”

“应该如此吧,儿子。”爷爷说。

“好吧,这就表示我们有更多事要做啦!”话一说完,爸爸就跨大步离开,好像认为其他人都会赶快跟上的样子。

我站在原地,注视着他的背影。芭斯蒂和卡兹停下脚步,转身看我。

“跟你预期的不太一样吗?”芭斯蒂问。

我耸了耸肩。这是我第一次跟爸爸见面,但他几乎没注意过我。

“我确定他只是有点分心啦,”芭斯蒂说,“毕竟他当了那么久的幽灵图书馆员,脑袋可能会有点糊涂。”

“是啊,”我说,“应该是这样。”

卡兹拍拍我的肩膀。“别难过啦,小亚。现在可是高兴的时候呢!”

我笑了,他的热情还真有感染力。“我想也是吧。”我们开始前进,我的步伐也越来越轻快。卡兹说得没错——所有的情况的确不如我们预期那样完美,但我们确实救出了爸爸。这证明了当初我带领大家走进这个地下图书馆是明智的决定。

我或许经验不足,但我做了正确的决定。我越往前走，心里越觉得美。

“谢啦，卡兹。”我说。

“谢什么？”

“谢谢你鼓励我。”

他耸耸肩。“我们矮个子就是这样啦。别忘了我告诉过你，我们平易近人，情商较高哦。”

我笑了。“也许吧。不过我得提一件事，我后来想到，长得高至少有一个好处——灯泡，要是大家都跟你一样矮，卡兹，那么谁来换灯泡？”

他笑了。“你忘记‘矮个子优异定律’第六十三条啦，孩子！”

“是什么？”

“要是大家都很矮，我们的天花板就该设计得矮一点啦！你想想看，那样能节省多少建筑成本啊！”

我跟着大笑起来，边摇头边跟上大家离开了图书馆。

后记

Epologue

好啦。这就是我的第二本自传。当然，这不是最后一集。你们不会以为这样就结束了吧？我被绑在祭坛那一幕都还没讲到嘞，怎么可能结尾了！而且，这种作品至少要写三部曲，不然怎么叫巨作！

这集内容包含了我生命里一段很重要的部分。我跟著名的史提卡首次碰面，尽管那次碰面完全是意外惊喜。我第一次当领导人，第一次把暴风镜片当成喷射发动机来使用。(这等怪招我还有很多呢。)

在我们结束之前，我还欠你们一段说明。我要说的跟一艘船有关——忒修斯的船。你们还记得吗？这艘船的每块木板都被替换过，虽然看起来外观一样，但并不是同一艘船。

我告诉过你们，我就是那艘船。也许在看完这本书后，你们会明白我的意思。

你们应该对年轻的我非常熟悉了。你们读过我两本书，伴着我成长。你们见过我做出英勇的举动，比如，爬到水晶龙顶部，制伏一个书籍骨头帮的成员，而且从亚历山大图书馆幽灵馆员们的手中救出了我的爸爸。

你们也许纳闷我的自传为何要从这么早的时期开始写起，当时还有些迹象显示我可能是个好人。哎呀，我就是忒修斯的船嘛。我曾经是那个充满期望与潜力的男孩，但我现在不是了。我是复制品，是假的。

那个男孩长大后变成现在的我，不过我并不是他。尽管我看起来很有英雄潜质，但谦虚地说，我不是英雄。

本系列自传，就是为了要向你们展示一个成长中的我。这是为了让你们知道我身上的所有部分都在被逐渐替换，最后完全失去原来的自我。

我是个可悲又可怜的人，住在一个城堡中，在地下室写着自己的人生经历。我不是英雄，英雄才不会让自己心爱的人死掉。

我并不因为自己现在的地位而感到骄傲，可是我会尽力确保大家都知道真相。是该让谎言终结的时候了，我也该让你们知道，忒修斯之船其实只是个复制品。

如果真品真的存在过的话，才算是名副其实的复制品啦。

我不该这么说。

“芭斯蒂！”我大叫着，然后将她沾满血的身体抱在怀里。“为什么会这样？”

她没回应，只是双眼无神地注视半空中，她的生命已经消逝了。我颤抖着，将她抱紧，但是她的身体已经开始变冷。

"你不能死，你不能死！"我说，"拜托。"

就算我这么说也没用。芭斯蒂死了，真的死了。她死得比手电筒开了一整夜强光后用完的电池还彻底。她死得比我看过的死人还更像死人两倍，她死透了。

"这全是我的错，"我说，"我不应该带你来对付乞力马扎罗的！"

为了确认，我摸摸她的脉搏，什么反应都没有。你们都知道，这是因为她死了。

"噢，残酷的世界啊。"我呜咽着说。

我拿起一面镜子举到她的面前，看看她是否还有呼吸。当然，镜子上没有雾气。你们看，芭斯蒂真的完完全全死掉了。

"你还这么年轻，"我说，"怎么可以离开我们？你这么年轻，为什么一定是你死？我的意思是，你死得太早了。"

我拿东西刺她的手指，确认她不是假装的，可是她根本没缩手。我捏她，然后打她的脸，全都没有用。

我到底要解释几次她真的死了？我低头看她，她的脸因为死亡而转变成蓝色，让我伤心得又掉了不少眼泪。

她死得太透彻，以至于我根本不知道我写这篇文字其实是出于以下两个理由中的哪一个。

第一，我答应过你们，我会让芭斯蒂死掉。（你们看，我没说错吧！哈！）

第二个理由是，如果有人跳过中间直接翻到最后一页

(那是最讨厌最可恶的举动)，他们会被吓倒，然后因为读到芭斯蒂死掉的段落而心神不宁。

至于你们其他从头到尾读完这本书的人，可以略过这一页了。(我向各位说过芭斯蒂是怎么死掉的吗？嘻嘻!)

※本系列书中涉及的英制单位换算公式如下：

1 英寸 =2. 54 厘米

1 英尺 =0. 304 8 米

1 英里 =1. 690 千米

1 码 =0. 914 4 米

悄悄话

你见过水晶做的真飞机吗？ 你以为他是靠喷气式发动机飞起来吗？ 错， 错， 错， 其实它是靠像小鸟一样煽动翅膀……

你以为世界很复杂吗？ 其实世界应该是很简单的， 只是大家都没有搞明白简单的运作规律， 或者就是图书馆员骗你的。

古人说， 小隐隐于山， 大隐隐于市， 真是精炼之谈——你能想象满地的沙子如果是宝贝， 那会怎样？

你知道全球一年要出上千万种书吗？ 又有谁读完了呢？ 答案是没有？ 如果你想读完它们， 你知道首先该看哪一本书吗？

其实很多书就像老爷爷关鹦鹉的鸟笼， 写书的人只是鹦鹉学舌的表演者。